巴金

巴　金
经　典
主　题
系　列

散文

巴金 著

李辉 编

短章

中国青年出版社

（京）新登字083号

图书在版编目（CIP）数据

短章 / 巴金著；李辉编.—北京：中国青年出版社，2016.7
（巴金经典主题系列）
ISBN 978-7-5153-4399-0

Ⅰ.①短… Ⅱ.①巴… ②李… Ⅲ.①散文集—中国—现代 Ⅳ.①I266

中国版本图书馆 CIP 数据核字（2016）第 174868 号

扉页巴金肖像：丁聪 绘
特别鸣谢：巴金故居

责任编辑：万玉云
书籍设计：瞿中华

出版发行：中国青年出版社
社　　址：北京东四十二条21号
邮政编码：100708
网　　址：www.cyp.com.cn
营 销 部：010-57350364
媒体运营：010-57350395
编 辑 部：010-57350401
雄狮书店：010-57350370
印　　刷：鸿博昊天科技有限公司
经　　销：新华书店
规　　格：880×1230　1/32
印　　张：6.5
字　　数：200千字
版　　次：2016年10月北京第1版
印　　次：2016年10月北京第1次印刷
印　　数：1-5000
定　　价：28.00元

本图书如有印装质量问题，请凭购书发票与质检部联系调换
联系电话：(010)57350337

青春是美好的
——"巴金经典主题系列"总序

李辉

算算日子，一九七八年岁末我与陈思和兄商量一起开始研究巴金，竟然已有三十八年。时间快得真是让人难以置信！当年不到三十岁的我们，如今已进入花甲。青春不再！

可是，青春怎么可能离我们远去呢？

"青春是美好的！"这是巴金在一次演讲中说的话，这也是他的作品沛然而至的青春气息。应该感谢巴金的作品。读巴金作品，总是强烈感受到他的青春活力。即便人在晚年，他仍以难以想象的方式，又一次成为"五四时代"的那个青年巴金。"文革"浩劫之后，在八十年代历史场景里，一位八旬老人发出一次又一次的青春呐喊。颤巍巍的他，坐在轮椅上的他，没有让读者感到他的衰微与苍老。相反，他在《随想录》里的历史反思，他对社会的敏感与关注，他对现实问题的干预与介入，总是让人感到锐气、胆识与坚韧，甚至有深刻的苍凉。这一切，因为在他的心中，漫溢着青春生机。

晚年巴金，以他的笔，再一次拥抱青春！

谁说衰老就一定意味着精神活力枯竭？

编者李辉采访巴金时的留影

三十八年时光流逝，年届六旬的我，并不觉得青春已经远去。一个人，因青春而充满活力，因青春而不会与年轻人存在代沟，因青春而拥有透明，拥有真诚。

青春是美好的！

美好不是因为年轻，美好在于生命的蓬勃生机，在于虽然衰老却如同年轻人一样勇敢面对现实，以勇气、坚韧、坦诚，写下心中最想表达的思想、情绪。巴金一直说"把心交给读者"。与读者同在的人，永远年轻！

去年秋天，万玉云姑娘前来约稿。聊得开心。我说，何不编辑一套巴金作品主题系列，由她所在的中国青年出版社推出。一位总是把心交给读者、从未衰老的巴金，应该以不同方式走近一代又一代的年轻读者，相信他们会从这些作品中，感受到他们或许缺少的另一种青春活力。很高兴，这一想法很快得到落实。这套书确定为"巴金经典主题系列"，并得到小林大姐的全力支持。

"巴金经典主题系列"分为六种。

1.《风雨故人》

巴金散文写作中，故人往事与追思，占据相当大的篇幅，从鲁迅、沈从文、老舍、胡风、赵丹、曹禺等文坛同仁，到二叔、大哥、萧珊等亲友。特从中挑选若干，按照所写人物的出生年月排序，好处在于可以有相对清晰的历史脉络。巴金笔下的这些人物，或伟大，或普通，在风风雨雨中走过，是他们的人格与故事，构成二十世纪中国历史的场景。我很喜欢"风雨故人来"五个字，故将"风雨故人"作为书名。历史风雨，潮起潮落，故人的生活细节与精神状态，写作时的纷繁心绪，读者的情感呼应，尽在风雨之中。

2.《短章》

我一直觉得巴金的散文短章，没有得到应有的重视。其实，一九二七年离开上海前往法国留学途中，在轮船上写的游记，如《海上的日出》等，巴金已经证明自己擅长写千字左右的短章。《醉》、《生》、《梦》、《死》、《醒》、《日》、《月》、《星》、《辰》、《风》、《云》、《雷》、《电》，诸多短章，是巴金对生命的感悟，对自然界的瞬间捕捉，文字优美而清新，可谓精粹之作。这类短章，包括短小精美的序跋，特别适合中、小学生和年轻人阅读。微信阅读时代，这些短章，更适合以新的形式予以传播。

3.《说真话》

晚年巴金痛定思痛，深刻反省与解剖自己，对多年来的人云亦云为之汗颜。他在《随想录》中，反复强调"独立思考"，执着地呼吁"说真话"。九十年代初，曾有人批评巴金"真话不代表真理"，也还有人认为"说真话只是小学生一二年级水平"。来自不同方面的指责，其实都回避了"说真话"对于一个正常社会的应有之义。选择《说真话》为书名，其实也是为了突出真实、真诚在我们心中应该占有的重要位置。同时，特地选择一组文章列入"把心交给读者"。早年巴金喜欢与读者交心，他所写的《我的呼号》、《给一个中学青年》等，倾诉苦闷、忧郁、创作心绪……晚年巴金呼吁"说真话"，其实是与过去的一种衔接，只不过因为历史沧桑感的增加，而更加具有沉甸甸的现实力量。

4.《海的梦》

这是一本童话集，由两部分组成。第一部分为巴金创作的一组童话，第二部分是巴金翻译的王尔德童话。巴金喜欢童话，他写《长生塔》、《隐身珠》、《能言树》等，假借童话，写在现实世界里无法实现的梦想。巴金童话的偏于成人化，现实性、政治诉求更为强烈，巴金选择王尔德童话翻译，其实也体现他的这种标准。他写道："我喜欢王尔德的童话，喜欢他那对不合理的社会制度的严正控诉，对贫苦人的深刻同情和在作品中表现出来的崇高灵魂。"巴金翻译的王尔德童话，堪为译文精品。

5.《爱的十字架》

因《灭亡》、"爱情三部曲"轰动一时的缘故，走上文坛之初的巴金，在青年读者心目中一直被视为擅长写爱情的作家。《爱情三部曲》等小说中的爱情，总是与社会革命相关。爱情是载体，指向是革命，陷入爱情中的青年人，情感令其困扰，他们在挣扎中而不得不放弃爱情。其实，巴金的一些短篇小说，《初恋》、《丁香花下》、《哑了的三角琴》、《天鹅之歌》、《爱的十字架》……受西方爱情小说影响，择选生活片段，以忧郁和淡淡的哀伤叙述中外年轻人的爱情经历。三十年代初，在翻译世界语作家巴基的《秋天里的春天》小说之后，巴金在泉州听到一对青年男女的爱情悲剧，遂以《春天里的秋天》为题，创作这一中篇小说，语言的敏感与哀伤，恰与主人公的爱情遭际相吻合，这也是我非常喜欢的一部小说。

6.《憩园》

从《家》开始，巴金对家庭题材的成功描写，奠定其在现代文学史上的重要地位。随着时间推移，十几年后，巴金在《憩园》和《寒夜》中，对家庭的看法有了新的变化。"家庭"这个概念，在巴金早期作品中是黑暗的象征物，专制的具体化，与青年所走的道路处于完全对立状态。其实，如果细细阅读巴金对童年生活的回忆，乃至对大哥等亲人的叙述，可以明显看出，巴金内心里未必对家庭完全抱有敌意。年轻的他对家庭形式的抨击，对高家大院种种不肖子孙的声讨和谴责，也许正包含了他对这种家庭形式的本能关怀。实际上，即便在《家》中，他也没有对于家庭的瓦解完全冷漠。相反，他一直赞美母爱，赞扬兄妹、兄弟、父女之间的平等友爱的关系。另外，他对挥霍祖产，倒卖家宅的行径，始终充满鄙视和反感。正因为这种对家庭的矛盾感情，才使他在《家》中能够动人地写出高老太爷弥留之际的感人场面。这种对家庭的关注，在《憩园》和《寒夜》里有了进一步发展。巴金有意识改变以前那种绝对的感情方式，不再单纯以"憎"作为爱的对立形式来表示心中的痛苦。相反，他表现对人类深刻的理解与同情，对家庭形式也是如此。《憩园》中的杨家小孩，不再是觉慧那样的家庭叛逆，而是家庭伦理关系的热心维护者。但杨家小孩与觉新也有所不同，觉新是容忍旧家庭的罪恶，杨家小孩面临的不是毁坏，而是建设。在他身上，可以说倾注了巴金对平等、宽厚、友爱的新型家庭伦理关系的理想境界。后来生活的巴金正是如此。夫妻之间，儿女之间，兄弟姐妹之间，和睦相处，从未听说有过彼此矛盾。他以建设性的姿态，拥有了所期待的理想的家。巴金曾经说过，《憩园》可以看作《冬》，也就是说，我们可以把《憩园》是《家》、《春》、《秋》的自然衔接和发展，是另外一个层面上的延伸。《憩园》之后巴金创作《寒夜》，小说中汪文宣一家婆媳充满不和与猜疑，但是巴金不再如以往那样谴责家长的保守落后，而是以悲天悯人的态度，叹息人与人之间缺乏了解，最终他为这个家庭的破裂而感叹。这种留恋和哀婉，这种对理想家庭的向往，才使得《憩园》与《寒夜》不是单一的控诉，而是更有人情味的描述。《憩园》作为"巴金经典主题系列"的最后一种，在我看来，可以说是最好的压轴之作。

　　故人，短章，说真话，童话，爱情，家庭。

　　六个主题，涵盖一个人的一生，也与我们每个人都密切相关。且让我们静下心，阅读巴金作品，感悟生命，永远拥抱青春！

　　"青春是美好的！"巴金如是说。

二〇一六年七月十五日　北京

目录

人在旅途

生命感悟

序跋之美

人在旅途

"再见吧，我不幸的乡土哟！"[1]

踏上了轮船的甲板以后，我便和中国的土地暂别了，心里自然装满了悲哀和离愁。开船的时候我站在甲板上，望着船慢慢地往后退离开了岸，一直到我看不见岸上高大的建筑物和黄浦江中的外国兵舰，我才掉过头来。我的眼里装满了热泪，我低声说了一句："再见吧，我不幸的乡土哟！"[2]

再见吧，我不幸的乡土哟，这二十二年来你养育了我。我无日不在你的怀抱中，我无日不受你的扶持。我的衣食取给于你。我的苦乐也是你的赐予。我的亲人生长在这里，我的朋友也散布在这里。在幼年时代你曾使我享受种种的幸福；可是在我有了知识以后你又成了我的痛苦的源泉了。

在这里我看见了种种人间的悲剧，在这里我认识了我们所处的时代，在这里我身受了各种的痛苦。我挣扎，我苦斗，我几次濒于灭亡，我带了遍体的鳞伤。我用了眼泪和叹息埋葬了我的一些亲人，他们是被旧礼教杀了的。

1　为尊重原作起见，本书中巴金原有的用词方式及民国年间的语言习惯未改动。本文写于一九二七年，法国邮船"昂热号"（Angers）上。

2　歌曲《断头台上》的第一句，这首歌在旧俄时代西伯利亚的监狱里流行过，据说是旧俄政犯米拉科夫所作。

这里有美丽的山水,肥沃的田畴,同时又有黑暗的监狱和刑场。在这里坏人得志、好人受苦,正义受到摧残。在这里人们为了争取自由,不得不从事残酷的斗争。在这里人们在吃他的同类的人。——那许多的惨酷的景象,那许多的悲痛的回忆!

哟,雄伟的黄河,神秘的扬子江哟,你们的伟大的历史在哪里去了?这样的国土!这样的人民!我的心怎么能够离开你们!

再见吧,我不幸的乡土哟!我恨你,我又不得不爱你。

乡心 [1]

我不想睡，趁大家酣睡的时候，跑到舱面上去走走。

我上了舱面就感到一股寒气，不由得扯起大衣的领子来。四周没有一个人，只有吵人的机器声时时来到我的耳边。

浪很小，也很平稳，风并不大。一轮明月照在万顷烟波之上，蓝色的水被月光镀上了银色。月光流在波上，就像千万条银鱼在海上游泳。我这时真想拿一根钓竿，把它们钓几尾上来。

我默默地在舱面上走着。明月陪伴着我，微风轻抚着我。有无涯的大海让我放观；有无数的回忆尽在我思量。人生难得几良宵。是乐么？还是痛苦？

三十四天的旅行到此告了一个段落。明天太阳照眼时，我们就要踏上法国的土地了；这时候似乎又觉得船走快了些。现在对海上的生活又感到留恋。这三十四天的生活的确值得人留恋。然而明天我们一定要上岸了。

"明天要上岸了"，和以前在家时，在上海时，"明天就要走了"的思想一样，激动着我的心。这种时候要说是快乐吧，自己心里又不舒

1　写于一九二七年，法国邮船"昂热号"（Angers）上。

服;要说是痛苦吧,又是自己愿意做的事情。这是怎样的矛盾啊!我一生就是被这种矛盾支配了的。

不知道怎样,我竟然被无名的悲哀压倒了,四周有这么好的景致,我却不能欣赏,白白地拿烦恼来折磨自己。时候不早了,明天还得走一整天的路。倘若在家里,我的大哥一定会催我:"四弟,睡得了——"现在呢,即使走到天明,也没有人来管我。能看见我的,除了万顷烟波之外,就只有长空的皓月一轮。

"海上生明月,天涯共此时"[1];"共看明月应垂泪,一夜乡心五处同"[2]——锋镝余生的我,对此情景,能不与古诗人同声一哭!

然而过去的终要过去了。我应该把它们完全忘掉,我需要休息。明天我还得以新的精力来过新的生活。

1　原载张九龄《望月怀远》。
2　原载白居易《望月有感》。

海上的日出[1]

为了看日出,我常常早起。那时天还没有大亮,周围非常清静,船上只有机器的响声。

天空还是一片浅蓝,颜色很浅。转眼间天边出现了一道红霞,慢慢地在扩大它的范围,加强它的亮光。我知道太阳要从天边升起来了,便不转眼地望着那里。

果然过了一会儿,在那个地方出现了太阳的小半边脸,红是真红,却没有亮光。太阳好像负着重荷似的一步一步、慢慢地努力上升,到了最后,终于冲破了云霞,完全跳出了海面,颜色红得非常可爱。一刹那间,这个深红的圆东西,忽然发出了夺目的亮光,射得人眼睛发痛,它旁边的云片也突然有了光彩。

有时太阳走进了云堆中,它的光线却从云层里射下来,直射到水面上。这时候要分辨出哪里是水,哪里是天,倒也不容易,因为我就只看见一片灿烂的亮光。

有时天边有黑云,而且云片很厚,太阳出来,人眼还看不见。然而太阳在黑云里放射的光芒,透过黑云的重围,替黑云镶了一道发光的

---

1 写于一九二七年,法国邮船"昂热号"(Angers)上。

金边。后来太阳才慢慢地冲出重围，出现在天空，甚至把黑云也染成了紫色或者红色。这时候发亮的不仅是太阳、云和海水，连我自己也成了光亮的了。

这不是很伟大的奇观么？

海上生明月 [1]

四周都静寂了。太阳也收敛了它最后的光芒。炎热的空气中开始有了凉意。微风掠过了万顷烟波。船像一只大鱼在这汪洋的海上游泳。突然间，一轮红黄色大圆镜似的满月从海上升了起来。这里并没有万丈光芒来护持它。它只是一面明亮的宝镜，而且并没有夺目的光辉。但是青天的一角却被染成了杏红的颜色。看！天公画出了一幅何等优美的图画！它给人们的印象，要超过所有人间名作。

这面大圆镜愈往上升便愈缩小，红色愈淡，不久它到了半天，就成了一轮皓月。这时上面有无际的青天，下面有无涯的碧海，我们这小小的孤舟真可以比作沧海的一粟。不消说，悬挂在天空的月轮月月依然，年年如此。而我们这些旅客，在这海上却只是暂时的过客罢了。

与晚风、明月为友，这种趣味是不能用文字描写的。可是真正能够做到与晚风、明月为友的，就只有那些以海为家的人！我虽不能以海为家，但做了一个海上的过客，也是幸事。

上船以来见过几次海上的明月。最难忘的就是最近的一夜。我们吃过午餐后在舱面散步，忽然看见远远的一盏红灯挂在一个石壁上

1　写于一九二七年，法国邮船"昂热号"（Angers）上。

面。这红灯并不亮。后来船走了许久，这盏石壁上的灯还是在原处。难道船没有走么？但是我们明明看见船在走。后来这个闷葫芦终于给打破了。红灯渐渐地大起来，成了一面圆镜，腰间绕着一根黑带。它不断地向上升，突破了黑云，到了半天，我才知道这是一轮明月，先前被我认为石壁的，乃是层层的黑云。

繁星 [1]

我爱月夜,但我也爱星天。从前在家乡七、八月的夜晚在庭院里纳凉的时候,我最爱看天上密密麻麻的繁星。望着星天,我就会忘记一切,仿佛回到了母亲的怀里似的。

三年前在南京我住的地方有一道后门,每晚我打开后门,便看见一个静寂的夜。下面是一片菜园,上面是星群密布的蓝天。星光在我们的肉眼里虽然微小,然而它使我们觉得光明无处不在。那时候我正在读一些关于天文学的书,也认得一些星星,好像它们就是我的朋友,它们常常在和我谈话一样。

如今在海上,每晚和繁星相对,我把它们认得很熟了。我躺在舱面上,仰望天空。深蓝色的天空里悬着无数半明半昧的星。船在动,星也在动,它们是这样低,真是摇摇欲坠呢!渐渐地我的眼睛模糊了,我好像看见无数萤火虫在我的周围飞舞。海上的夜是柔和的,是静寂的,是梦幻的。我望着那许多认识的星,我仿佛看见它们在对我眨眼,我仿佛听见它们在小声说话。这时我忘记了一切。在星的怀抱中我微笑着,我沉睡着。我觉得自己是一个小孩子,现在睡在母亲的

---

1 写于一九二七年,法国邮船"昂热号"(Angers)上。

怀里了。

　　有一夜,那个在哥伦波上船的英国人指给我看天上的巨人。他用手指着:那四颗明亮的星是头,下面的几颗是身子,这几颗是手;那几颗是腿和脚,还有三颗星算是腰带。经他这一番指点,我果然看清楚了那个天上的巨人。看,那个巨人还在跑呢!

在普陀[1]

到普陀的那一天，在海边的岩石缝里我们看见了不少的 isopod[2]。大的，小的，成群地在岩石上爬着。许多对相等的细脚，鱼鳞似的甲壳，两根长的黄须，黑的眼睛。大的有蝉身那样大，小的就很小，在这里我们看出了 isopod 的发育的全个阶段。

"我倒没有见过这样大的 isopod。"朋友朱看见一只很大的 isopod 从一个缝里爬出来，不觉惊喜地叫道，"在地中海边我都不曾见过这样大的。德拉日[3]研究这种东西很详细。他也没有找到这么大的。"

"我们捉几只来看看。"我说。那个小动物的两只眼睛似乎很机警地在看我。

"好，明天去买一瓶酒精来，在这里采集些小动物回去。"朱说。

第二天上午我们游完了前山，下午四点钟以后我们一共五个人走出寺院，到街上买酒精。

在普陀山买酒精，似乎是一件奇怪的事情，起先在寺院里我们就问过和尚，和尚还疑心我们想喝酒。但是朱却相信在这里一定可以买

---

1 写于一九三三年八月，上海。

2 isopod，法语，意即等足类动物。

3 德拉日，法国探险家。

到酒精。

街很短，中间是狭窄的石板路，两旁是旧式的店铺。进香袋，香烛，画片，地图，矾石的雕刻，以及汽水等等都摆在门前。我们问了好几家杂货店，那里不但没有酒精，连酒也没有。我们失望了，正打算回头走时，朱却在一家较大的店里买到了高粱酒，要了一个瓦罐盛着，提起来往海边走去。

海边有人游泳，可是只有寥寥的几个人。海滩上有人搭了布篷，做饮冰室，卖着汽水之类的东西，生意不大好，不过座位舒适，是帆布椅和藤椅，脚下全是沙。我们到了那里，就脱下外面的衫裤放在藤椅上，让一个爱喝啤酒的朋友看守，其余四个人赤脚经过沙地，往海边岩石上走去。那一罐高粱酒就拿在朱的手里。

沙滩上有许多小蟹在爬，人一走近，它们全钻进洞里去了。它们在沙滩上打了不少的小洞。

潮打湿的沙地是柔软的，脚踏在上面，使人起一种舒服的感觉。但是我们爬上岩石，不平的石块就刺得脚掌发痛了。我们从一块岩石跳过另一块，往最近海的高的岩石上爬去。潮水在我们的下面怒吼，一匹一匹的白浪接连地向这些岩石打来，到了岩石脚下又给撞回去了。那奇妙的声音，那四溅的水花……

但是我们不去管这些。我们走上岩石，就分散来，各人找寻自己的捕获物。这些东西很多，除了 isopod 以外，我还看见了海葵、海螺、蟹、佛手和其它的几种小动物。

我在一个岩石边沿上跪下来，伸一只手去捉一只小蟹，这只蟹在岩石缝隙里，岩石缝隙里全是红色，就像涂了许多动物的血。许多海螺钉在那上面。我把手伸下去，那只蟹却向着更窄的缝隙跑进去了。但是我还看得见它的两只脚。我去向朱要了小刀来，用刀刺进手伸不到的缝隙里，起初蟹还不肯动，后来我把它骚扰得没有办法了，它只得跑出来。我连忙伸手去抓它，它就往里面一逃，可是已经迟了，它的一只螯和一只脚都被我抓住了。它终于被我用刀拨了出来。我把我的俘虏拿在手里看，它可怜地动着，一只螯和一只脚已经断了。

我走到朱那里，把蟹放进了酒罐。朱和西正在捉 isopod，他们已经捉了好几只大的。朱的兄弟在两块岩石中间下凹处洗脚。

浪已漫上了前面的岩石，那里已经积了一些水。我又往前面走去，把脚浸在清凉的水里。石上有好些花朵似的彩色的东西，那是海葵。它们浸在水里像盛开的花。我伸手去挨它们，它们马上缩小起来，成了一团。我便用刀去挖它们，它们像生根在石头里一般，起初简直弄不动，但是后来我终于把它们一一地弄起来了，这些奇怪的动物。

前面的某一块岩石上浪还没有漫上来，虽然最前面的岩石已经有一半浸进了水里。在那个岩石上我看见了一只佛手插在缝里，松绿色，很可爱，一半露在外里，好像很容易弄出来似的。我伸手去拿，没有用，又用刀去挖，也挖不动。我还在用力，不觉得潮已经涨上来了。我的耳边突然有了响声，一个大浪迎着我的头打来，我连忙把头一埋。全身马上湿透了，从头到脚都是水，眼镜也几乎被打落。搭在肩上的那条毛巾却落在岩石上给浪冲走，马上就看不见了。

"金，当心！不要给浪打下去！"朱在后面的一块岩石上警告我说。

我退后几步，坐到另一个岩石上去，取下眼镜来揩了一阵，因为镜片给浪打湿了。

我又戴上眼镜，俯下头去看海。下面全是白沫。水流得很急。浪带着巨声接连不断地打击岩石脚。前面较低的几块岩石已经淹没在水里了，只露出一些尖顶来。

我要是落到下面去，一定没有性命了。这样一想，我就觉得自己方才没有被浪打下去，真是侥幸得很。但是过了片刻，我看见那几块岩石还高出在水面上，我又想起了那只佛手，我的心不觉痒起来了。结果我还是到那个岩石去把佛手弄了出来，自然费了很大的力气。

这种东西店里好像也有卖的，这个我并不是不知道。

在这些岩石上我们花去了一点钟以上的时间。后来我们回到布篷那里，我还在沙滩上睡了一觉。

傍晚大家穿好了衣服。朱提着酒罐，我们五个人沿着山路，跟着庙里的钟声，有说有笑地走回我们寄宿的寺院去。

路上有好些和尚和好些男女香客用惊奇的眼光看我们这个奇异的行列，看朱手里的酒罐。

鸟的天堂[1]

我们在陈的小学校里吃了晚饭。热气已经退了。太阳落下了山坡,只留下一段灿烂的红霞在天边,在山头,在树梢。

"我们划船去!"陈提议说。我们正站在学校门前池子旁边看山景。

"好。"别的朋友高兴地接口说。

我们走过一段石子路,很快地就到了河边。那里有一个茅草搭的水阁。穿过水阁,在河边两棵大树下我们找到了几只小船。

我们陆续跳在一只船上。一个朋友解开绳子,拿起竹竿一拨,船缓缓地动了,向河中间流去。

三个朋友划着船,我和叶坐在船中望四周的景致。

远远地一座塔耸立在山坡上,许多绿树拥抱着它。在这附近很少有那样的塔,那里就是朋友叶的家乡。

河面很宽,白茫茫的水上没有波浪。船平静地在水面流动。三只桨有规律地在水里拨动。

在一个地方河面窄了。一簇簇的绿叶伸到水面来。树叶绿得可爱。这是许多棵茂盛的榕树,但是我看不出树干在什么地方。

---

1 写于一九三三年六月,广州。

我说许多棵榕树的时候，我的错误马上就给朋友们纠正了，一个朋友说那里只有一棵榕树，另一个朋友说那里的榕树是两棵。我见过不少的大榕树，但是像这样大的榕树我却是第一次看见。

我们的船渐渐地逼近榕树了。我有了机会看见它的真面目：是一棵大树，有着数不清的丫枝，枝上又生根，有许多根一直垂到地上，进了泥土里。一部分的树枝垂到水面，从远处看，就像一棵大树斜躺在水上一样。

现在正是枝叶繁茂的时节（树上已经结了小小的果子，而且有许多落下来了）。这棵榕树好像在把它的全部生命力展览给我们看。那么多的绿叶，一簇堆在另一簇上面，不留一点缝隙。翠绿的颜色明亮地在我们的眼前闪耀，似乎每一片树叶上都有一个新的生命在颤动，这美丽的南国的树！

船在树下泊了片刻，岸上很湿，我们没有上去。朋友说这里是"鸟的天堂"，有许多只鸟在这棵树上做窝，农民不许人捉它们。我仿佛听见几只鸟扑翅的声音，但是等到我的眼睛注意地看那里时，我却看不见一只鸟的影子。只有无数的树根立在地上，像许多根木桩。地是湿的，大概涨潮时河水常常冲上岸去。"鸟的天堂"里没有一只鸟，我这样想道。船开了。一个朋友拨着船，缓缓地流到河中间去。

在河边田畔的小径里有几棵荔枝树。绿叶丛中垂着累累的红色果子。我们的船就往那里流去。一个朋友拿起桨把船拨进一条小沟。在小径旁边，船停了，我们都跳上了岸。

两个朋友很快地爬到树上去，从树上抛下几枝带叶的荔枝。我同陈和叶三个人站在树下接。等到他们下地以后，我们大家一面吃荔枝，一面走回船上去。

第二天我们划着船到叶的家乡去，就是那个有山有塔的地方。从陈的小学校出发，我们又经过那个"鸟的天堂"。

这一次是在早晨，阳光照在水面上，也照在树梢。一切都显得非常明亮。我们的船也在树下泊了片刻。

起初四周非常清静。后来忽然起了一声鸟叫。朋友陈把手一拍，我们便看见一只大鸟飞起来，接着又看见第二只，第三只。我们继续拍掌。很快地这个树林变得很热闹了。到处都是鸟声，到处都是鸟影。大的，小的，花的，黑的，有的站在枝上叫，有的飞起来，有的在扑翅膀。

我注意地看。我的眼睛真是应接不暇，看清楚这只，又看漏了那只，看见了那只，第三只又飞走了。一只画眉飞了出来，给我们的拍掌声一惊，又飞进树林，站在一根小枝上兴奋地唱着，它的歌声真好听。

"走吧。"叶催我道。

小船向着高塔下面的乡村流去的时候，我还回过头去看留在后面的茂盛的榕树。我有一点留恋。昨天我的眼睛骗了我，"鸟的天堂"的确是小鸟的天堂啊！

朋友[1]

这一次的旅行使我更了解一个名词的意义，这个名词就是:朋友。

七八天以前我曾对一个初次见面的朋友说:"在朋友们面前我只感到惭愧。你们待我太好了,我简直没法报答你们。"这并不是谦虚的客气话,这是事实。说过这些话,我第二天就离开了那个朋友,并不知道以后还有没有机会再看见他。但是他给我的那一点点温暖至今还使我的心颤动。

我的生命大概不会很长久吧。然而在短促的过去的回顾中却有一盏明灯,照彻了我的灵魂和黑暗,使我的生存有一点光彩。这盏灯就是友情。我应该感谢它。因为靠了它我才能够活到现在;而且把旧家庭给我留下的阴影扫除了的也正是它。

世间有不少的人为了家庭抛弃朋友,至少也会在家庭和朋友之间划一个界限,把家庭看得比朋友重过若干倍。这似乎是很自然的事情。我也曾亲眼看见一些人结婚以后就离开朋友,离开事业……

朋友是暂时的,家庭是永久的。在好些人的行为里我发现了这个

1　写于一九三三年六月,广州。

信条。这个信条在我实在是不可理解的。对于我，要是没有朋友，我现在会变成怎样可怜的东西，我自己也不知道。

然而朋友们把我救了。他们给了我家庭所不能给的东西。他们的友爱，他们的帮助，他们的鼓励，几次把我从深渊的边沿救回来。他们对我表示了无限的慷慨。

我的生活曾经是悲苦的，黑暗的。然而朋友们把多量的同情，多量的爱，多量的欢乐，多量的眼泪分了给我，这些东西都是生存所必需的。这些不要报答的慷慨的施舍，使我的生活里也有了温暖，有了幸福。我默默地接受了它们。我并不曾说过一句感激的话，我也没有做过一件报答的行为。但是朋友们却不把自私的形容词加到我的身上。对于我，他们太慷慨了。

这一次我走了许多新地方，看见了许多新朋友。我的生活是忙碌的：忙着看，忙着听，忙着说，忙着走。但是我不曾遇到一点困难，朋友们给我准备好了一切，使我不会缺少什么。我每走到一个新地方，我就像回到我那个在上海被日本兵毁掉的旧居一样。

每一个朋友，不管他自己的生活是怎样苦，怎样简单，也要慷慨地分一些东西给我，虽然明知道我不能够报答他。有些朋友，连他们的名字我以前也不知道，他们却关心我的健康，处处打听我的"病况"，直到他们看见了我那被日光晒黑了的脸和膀子，他们才放心地微笑了。这种情形的确值得人掉眼泪。

有人相信我不写文章就不能够生活。两个月以前，一个同情我的上海朋友寄稿到《广州民国日报》的副刊，说了许多关于我的生活的话。他也说我一天不写文章第二天就没有饭吃。这是不确实的。这次旅行就给我证明：即使我不再写一个字，朋友们也不肯让我冻饿。世间还有许多慷慨的人，他们并不把自己个人和家庭看得异常重要，超过一切。靠了他们我才能够活到现在,而且靠了他们我还要活下去。

朋友们给我的东西是太多、太多了。我将怎样报答他们呢? 但是我知道他们是不需要报答的。

最近我在法国哲学家居友的书里读到了这样的话:"生命的一个条件就是消费……世间有一种不能跟生存分开的慷慨,要是没有了它,我们就会死,就会从内部干枯。我们必须开花。道德、无私心就是人生的花。"

在我的眼前开放着这么多的人生的花朵了。我的生命要到什么时候才会开花? 难道我已经是"内部干枯"了么?

一个朋友说过:"我若是灯,我就要用我的光明来照彻黑暗。"

我不配做一盏明灯。那么就让我做一块木柴吧。我愿意把我从太阳那里受到的热放散出来,我愿意把自己烧得粉身碎骨给人间添一点点温暖。

月夜[1]

有月亮，天空又很晴朗，虽然十二月的晚风吹到人身上也有冷意了，我吃过晚饭，依旧高兴地穿着高屐子一个人在屋前小小的园子里散步。

山下面的人家都燃着灯，但大半被树木遮住了，只有星点似的光送到我的眼里来。一层薄雾盖着它们，不，不仅罩着这些灯火，并且还罩着山下面静静的街市。

清朗的天空中除了半圆月外，还稀疏地点缀了一些星星。在这房屋的正对面，闪烁着猎户星座的七颗明星；挂在四个角下方的猎户甲星，就是那较大的一颗，只有它在这无云的蓝空里放射着红光。远远地在天际是那一片海，白蒙蒙地在冷月下面发光。

望着这星，望着这海，我不禁想起日光岩[2]下的美丽的岛上风光了，我不用"往事"这个带感伤性的字眼。

不止一次，我在日光岩下的岛上看过这七颗永不会坠落的星，看过和这海相似的海。那些时候我都是跟朋友们在一起的。那些朋友的年纪和我的差不多。

1　写于一九三五年二月，日本横滨。
2　指福建厦门对岸的鼓浪屿。

就像怀了移山之志的愚公一样,我们这一群年轻人把为人类找幸福的船这个重担子不量力地放在肩上胡乱地忙碌过了。我是最不中用的人,但是生活在那些朋友的中间我也曾过了一些幸福的日子。

龙眼花开的时候,我也曾嗅着迷人的南方的香气;繁星的夜里我也曾坐了划子在海上看星星。我也曾跨过生着龙舌兰的颓垣。我也曾打着火把走过黑暗的窄巷。我也曾踏着长春树的绿影子,捧着大把龙眼剥着吃,走过一些小村镇。我也曾在海滨的旅馆里听着隔房南国女郎弹奏的南方音乐,推开窗户就听见从海边码头上送来的年轻男女的笑声。

这些也许会引起年轻诗人的灵感吧。可是我们当时却怀着兴奋和紧张的心情,或者说起来就想流泪似的感动。山水的美丽在我们的眼前都变得渺小了。我们的眼睛所看见的只是那在新的巨灵前战栗着的旧社会的垂死的状态。

时间是骎骎地驰过去了。我们的努力也跟着时间逝去了。一堆废墟留在我们后面,使得好些人叹息。我们不能不承认失败了。也许还有人会因为这个灰心吧,我不知道。我自己在一阵绝望之际也曾发出过痛苦的叫号……

如今在这安静的月夜里,望着眼前这陌生的、但又美丽的景物,望着天际的和日光岩下的海面类似的海,望着那七颗随时随地都看见的猎户星,虽然因此想到了以前的一切和现在横在那里的废墟,我也没有一点感伤,反而我又一次在这里听见旧社会的垂死的呻吟了。

1　阿特拉斯(Atlas),希腊神话中的一个巨人,被罚用头和双手(一说用两肩)支持天空。

同时在朦胧的夜雾中，我看见了新的巨灵像背负地球的阿特拉斯[1]。那样在空中立着。这新的巨灵快要来了吧。他会来完成我们所不能完成的一切！

繁星[1]

和朋友梁一起从木下走到了逗子车站。不过八点多钟,但在我却仿佛是深夜了。宽广的马路在黑暗中伸出去,似乎通到了无尽处。前面是高大的黑影,是树林,是山,也许还是疲倦的眼睛里的幻影。天覆盖下来,好像就把我们两个包在星星的网里面。

"好一天的星啊!"我不觉感动地这样说。我好久没有见过这样的繁星了,而且夜又是这么柔和,这么静寂。我们走了这许久,却只遇见两个行人,连一辆汽车也不曾看见。

这时候正在起劲地谈着悲多汶[2]、谈着尼采、谈着悲剧与音乐、谈着梦与醉的梁也停止了他那滔滔不绝的谈话,仰着头去看天空了。

我们默默地望着繁星,一面轻轻地下着脚步,仿佛两个人都屏了呼吸在倾听星星的私语。

"这时候仿佛就在中国。"我不觉自语似的说了。

"中国哪里会有这样安静的地方?"梁用了异样的语调回答我的话,仿佛我的话引起了他的创痛似的。我知道在中国他留下的痛苦的记忆太多了。对于他也许那远迢迢的地中海畔的法兰西,或者这太平

---

1 写于一九三五年二月,日本横滨。

2 即贝多芬。

洋上的花之岛国都会有更多的自由空气吧。

我和他在许多观点上都站在反对的地位,见面时也常常抬杠。但是我们依旧是朋友,遇在一起时依旧要谈话。这一次在他的话里我看出了另一种意思,也许和他心里所要表示的完全不同。可是这句话却引起了我的共鸣了。

到今天还大谈恋爱自由似乎有点陈旧了。但是现在还有为情而死的青年,也有人为了爱情不圆满而懊恼终生。甚至在今天的中国还充满了绝情卫道的圣人。梁似乎要冲破这个藩篱,可是结果他被放逐似的逃到这个岛国来了。他也许有一些错误,我可不明白,因为各人有各人的说法。而且他那种恋爱观在我看来就陈旧得可笑,虽然也有人以为这还是很新的。但是他有勇气的事情却是不能否认的。不过这勇气可惜被误用了。

恋爱这种事在今天很可以暂时束之高阁了。即使它和吃饭是一样的重要。但是如今饿死也已经是很平常的事了。我说这种话并不是替卫道的圣人们张目,我以为跟卫道比起来,倒还是讲恋爱好些。但是在中国难道就只有这两条路吗?

说一切存在的东西都合理,不让人来触动它们,这就是卫道;不承认这个的人算是抗道。那么这条路还是很宽广的吧。说宽广也许不是。抗道的路也许是崎岖难行的。但既有路,就会有人走,而且实际上已经有人在走了。

梁为了要呼吸比较自由的空气,到这个樱花的岛国来了。在他的观点上说,他的确得到了那样的东西,在松林中的安静生活里他们夫妇在幸福中沉醉了。我在他那所精致的小屋里亲眼看见了这一切。我若还说他过的是放逐的生活,他一定不承认。他也许有理。

但是我呢?我为什么要来到这个地方?我所要求的自由这里不是

也没有吗？离开了崎岖的道路到一个陌生的地方来求暂时的安静,在一些无用的书本里消磨光阴:我这样的生活不就是放逐的生活吗?

普照大地的繁星看见了这一切,明白了这一切。它们是永远不会坠落的。

望着这样的繁星我不觉发出了一声痛苦的叹息。

别桂林及其它[1]

别了，桂林的夜！

我们记错了开车的时刻，冒着微雨赶到车站，车还没有来。站上挤满了乘客，迎面扑来一阵温暖的语声，使我忘记了刚才在黄包车上经过的大段冷清清的黑路。

我同朋友们进了月台，把人和行李都安顿在一把长椅上。头上是一片漆黑的天，没有遮拦，我们缩紧身子坐在长椅上休息，雨已经住了。

列车没有来，这长期的等待是够磨折人的。分别的痛苦把我们抓在它的手里，一捏一松。它给我们看见一线希望，但一转眼它又使我们明白这希望全是空虚。平静的心境给搅乱了，多留一刻，和朋友们多处一刻，也不能使我们再像从前那样无挂虑地谈些快乐事情，恰恰相反，这只会延长我们的担心，拉长那所谓离愁别绪，让我们多有工夫来咀嚼它的苦味。

我爱旅行，但是我有太多的留恋——我留恋人，也留恋地方，我

1　写于一九四二年三月十八日，河池。最初发表于《宇宙风》一九四二年九月十六日第一二七期，发表时题为《随笔三篇——〈旅途通讯〉续篇》。

甚至留恋微小的事物。我容易动感情，我知道这是一个缺点，然而到现在我还无法治好这个病。倘使换一个环境，顺自己的性子，我也许会老死在一个小小城市，不与外面世界通消息。但是我并没有这样做，反而走了好些地方，不肯让自己的脚步，也不肯让自己的心灵休息。可是想不到我仍然有那么多的留恋，仍然害怕离别。因此我喜欢单独地来去，没有人送别，也没有人知道我的行期。我纵使提着皮箱，也不觉得自己是在走长路，就要跟一些人、一个地方分别。其次我高兴那种梦似的别离——突然的决定，飞也似的跟着车船驶去，不给人留一点时间来思索，来咀嚼。一句短短的话，一声短短的笑，于是一阵骚动，然后是一片静。船驶进海中，列车在轨道上奔驰，汽车卷起大股尘土飞逝。动的码头和月台渐渐地静下来，送行者慢慢地走回家，旅行的人则在舟车中欣赏新的景物。

现在的情形和这两种都不同。我坐在长椅上或者站在椅旁，我讲不出一句有意义的话，朋友们也是这样，我们默默地挨着时刻。我在阴暗的电灯光下看见朋友们的脸，就想到我今晚要跟他们分别了。

通车还没有来。衡阳开来的慢车先到了。寥寥几个客人下车，月台上还是相当安静。虽有火车头接连的叫声，也不曾打破这沉闷的空气。

我们等待着。风吹起来，夜变得更冷了。我觉得寒气透过我的不够温暖的衣服，触到我那怕冷的皮肤。一个朋友也低声叫起"冷"来。桂林的春夜原是这么寒冷的。没有雨。为了遮住从背后吹来的风，三个朋友张开了雨伞。

阴暗的电灯突然灭了。黑夜重重地压在月台上。我用手电筒的亮光照着翻看一本小书，一个在椅子上打瞌睡的朋友却不安地说手电光会伤眼睛。我们在黑暗中等待了好一会儿，话讲得极少。这送别是相当凄凉的。我只盼望车早点来,立刻来,让我马上离开这些朋友;我只愿即刻离开月台。这痛苦的时刻我实在挨不下去了!

电灯开始重明,火车头的亮光也在远处出现。分离的时刻逼近了,我却感到兴奋,好像我心上的重压快要被卸去似的。我看朋友,他们似乎也有这种感觉。火车头给我们带来了生气。

于是一阵骚动,一阵奔跑,一阵忙乱。我们上了车,我找到了我的房间,安置了行李。铃子响了,声音是那么坚定,它们结束了等待的痛苦。

分别就在眼前,但是意外地我却感到踌躇了。我坐在车厢内,推开半扇车窗,朋友们就立在窗下月台上,八张亲切的脸同他们的微笑一转眼便会消失,我不能没有留恋。我不转眼地望着他们。我觉得眼睛发痛了。

大的雨点在窗外落下。朋友们又撑起雨伞,他们回家时还要走那么一大段黑黑的泥路,八个人,三把伞——我想着,就挥手请他们回去。他们不理会我。我着急起来。就在这时候火车慢慢地开动了。

朋友们摇着手,慢慢地退去。我把头伸出车窗,拼命地挥舞我的帽子。我想把他们拉回来。但是他们已经不见了!

夜包围着我们的列车,使它烦躁地吼叫着往前跑。星群似的灯光还在窗外闪耀,但是它们也逐渐地隐去。我的眼睛还向着窗外望。那最后的几颗星星也消失了。从火车头冒出来的灰白色的浓烟在黑暗的空间里滚动,像一条巨龙在空中飞舞。

别了,桂林的夜。我应该关上车窗休息了。

在金桂通车中

雨跟着桂林留在后面了。第二天早晨,迎接我的是一个晴天。

车厢里似乎只有闷热,狭小的房间放着不少的行李,对面铺上那位乘客的朋友们来往不绝。然而我得承认二等卧车中是相当舒适的。

火车在山中奔驰,仿佛永远不会感到疲倦,它那单调的脚步声已经使许多熟悉的耳朵生厌了。

正午,为了填塞肚中的饥饿,又不愿久等服务生送来那盆食之无味的蛋炒饭,我便穿过好些车厢,走到厨房车里去。路相当远,而且因为挂在最后(?),厨房车颠簸得特别厉害,从这里把稀饭等等送出来,的确不容易。倒并不是车里没有这些东西。

我要了一碟馒头,一碗稀饭,一碟香肠和牛肉。服务生给我用一块木板盛着,放在一个箩筐上,旁边有一个用席子盖着的小铺盖卷,他让我坐在铺盖卷上。

车宽大,人又少,我应该坐得舒适,吃得舒适。可是车身震动得太厉害了,仿佛随时都会翻倒似的。我觉得全身都在抖动。我看厨子和服务生,他们倒若无其事地照常工作。我也只好忍耐地勉强把馒头吃完。但是我离开铺盖卷站起来的时候,两只脚几乎站不稳了。

下午两点半光景,火车把我载到了金城江。

金城江

金城江比半年前更繁荣了。那么拥挤的人,那么嘈杂的声音,新的建筑,堂皇的名字……我几乎以为这是另一个地方。

我雇了挑夫把行李挑到铁路宾馆去。但是我的箱子刚挑到检查处等候检查的时候,我忽然改变了心思,从检查处出来,我吩咐挑夫跟着我去汽车站。

去河池的车票刚刚卖完,车子还没有到。我拿着一封介绍信去找一位办事人，他意外地替我买到一张最后的票子，并且叫人把行李给我过了磅，让我在候车处安心等着开车。

在候车处一张大餐桌的四周，人们正在谈论香港的悲剧，从装束、态度和口气，我知道他们是香港脱险出来的同胞。汽车中的血，沙发内的十万港币，舞女的巧计，门前的死尸……还有种种惊心动魄的题目。谈了又谈，谁也不嫌重复和详细。车还没有来，这班车是先由河池开来，再开回去的。现在它脱班了！

在我快要等得绝望的时候，车子到了。河池来的客人下了车，我们再依着次序上去。我坐在司机台上，但是地方相当窄，连转动身子也不方便，可见车内的拥挤了。

摩托叫吼，车轮跟着滚动，一阵难闻的汽油味扑上我的鼻端。我这样地离开了金城江。

车子出了车站，在马路上跑起来。我向着金城江那些门面华丽的竹棚式的房屋投下最后的一瞥，我不禁想起在火车中听见的关于这个地方的谈话：

"金城江，神秘的地方。娼妓，赌博，打架……没有一样它没有。人们的钱花得像江水一样，去了就不会流转来。在这里住上几天，就必须留下一些东西，带走一些东西，也许会有人带着美丽的回忆走开的，但是更多的人从这里带去了痛苦的记忆。这里的确是一个神秘的地方。"

河池

河池，我还认得这个别了五个月的老朋友，它没有多大的改变。这个小城只有一条石子铺的街道，商店、旅馆和一部分的机关就立在街的两旁。比起金城江来,这个小城朴素多了。人不会相信金城江还是河池县管辖的一个小地方。

为了等车我得在这里住四个夜晚。在一个比较干净的旅舍中我开始了单调的生活,每天散三次步,吃两顿饭,睡两回觉,其余的时间,我便用来写信看书。

在旅舍中,第一个晚上我睡在一间没有窗户的小房里,第二天早晨我便搬进了一个靠街的房间。房间不大,但靠街有两扇大窗,挂着半截的窗帘,窗台相当宽,窗台旁挂着一幅淡黄色窗帷。书桌放在窗前,坐在桌前抬起眼睛便可望见无云的蓝天。对面是一所平房,刚刚给粉红色的窗帘遮住了。旅舍建筑在街的一头(街的两头大半是住房),离商店较远,所以比较清静。

在这里我醒得早,早晨我常常沿公路散步,再转到山脚,去听绿树上群鸟的歌唱。散步回来,在旅舍的小屋内,因为爱惜明媚的阳光,我还坐在窗前翻译了王尔德的一篇题作《自私的巨人》的童话。

散步的时候我常常走到汽车站,在那里徘徊十几分钟,每天我都遇见好些熟悉的面孔,可见到那里去的人并不止我一个。不同的是,我在那里不讲一句话,别人却不断地询问,恳求,甚至哀求。这些办法并不是完全没有用处。不过白费精神的却不在少数。有一个本地人讲得好:"个个是人,个个会讲话,个个要先走。"结果总有一些人留在后头。

公路车一个星期开三次;另外有三班交通车,却是专给公务人员乘坐的,登记的人也相当拥挤;坐商车花钱多,还不舒服,坐别的车又怕路上发生问题。一车一车的人从桂林、金城江不断地运来,填塞在这里的各个旅店里,大小房间都装满了。每天到处都听见人在问,"有房间没有?"在每个旅馆门口人们互相问询:"找到车子没有?""你等了几天？""找车子好伤脑筋啊！"倘使听到一句"我明天走！"或者"我后天走！"（多么骄傲的一句话！）谁都会用羡慕的眼光看那个说话的人。不管他坐的是什么车,能够往前走的人便是幸福的。

我每天逛三次街,街只有一条,中间的一段便是热闹的中心区,有菜馆,有洋货店,有药铺,有镶牙馆（镶牙馆多得叫人不相信自己的眼睛）,还有别的商店,却没有一家卖书报的铺子。

夜晚比白昼热闹,这里有夜市,洋货摊、烟摊、饮食摊、刻字摊……使得狭小的街道变得更狭小了。人们不断地从旅店和菜馆中走出来,带着各个地方的口音,谈论旅途的见闻。没有消遣的地方,好些人便集在旅馆的厅堂内。大多数的旅店都有一个可以作为临时谈话室的地方。偶尔一两位汽车司机在这个地方出现了,便会留下那一对上海口音的男女,唱两三出平剧;只有他们会做那对嗓子不好的清唱家的慷慨的顾客。

每晚我都看见那一对清唱家,是两个面带烟容的瘦弱的人,他们走起路来,步履也很艰难。男的拿胡琴,女的抽香烟,看他们那种斯文样子,倒像是落难的富家夫妻。他们从前也许经历过不少荣华的岁月,如今却流落异乡,在汽车司机的笑颜下面讨生活了。

今天傍晚,我去看了"丹池公路殉职工友纪念塔",这不是什么伟大的雕刻,然而它抓住了我的心,它是伟大的牺牲精神的象征。我不认识那些陌生的名字,他们更不知道我。但是如果没有他们的血汗,我怎么会跑到这里来？又怎么能够往北去？望着这块刻上许多不朽名字的纪念塔,连我这个渺小的人也怀着感激的心思掉泪了。

"明天我就要踏着你们的汗迹、血印往前走了。可是我又有什么报答你们呢？"我揩着眼泪低声说。

不仅是我,许多经过这条公路的人,都应该拿这样的话问自己。

邮政车中[1]

邮政车中

　　早晨河池的阳光欢送我,又是一个很好的晴天。我自己把两只皮箱和一个皮包拿到邮局汽车站。转进那条横街,我觉得有点吃力,便把箱子放在地上,打算休息片刻。这时候一个工友模样的人从后面走来,笑着对我说:"我看你拿不动,我来拿。"他不等我答话,就提起我那只大皮箱,踏着大步子往前走了。到了站门口,他放下箱子,似乎连我那句道谢的话也没有听清楚,就匆匆地走了。他好像是在邮局里服务的,可是以后我便不曾再看见他。

　　我办好手续上了邮政车。到开车的时候,车子却不肯动了。司机坐在司机台上,另一个人倒开着另一部车在后面推动。推了一阵,没有用;再推第二回,还是"一个屁也不放"(借用司机的话)。这样地推了五六回,我们车子的摩托才叫起来。

　　车子开出车站,先去装邮袋,邮袋装好,又耽搁了一会儿,在九点钟的光景,它才经过"丹池公路殉职工友纪念塔",离开了河池县境。

1　写于一九四二年三月二十二日,贵阳。最初发表于《宇宙风》一九四二年十一月一日第一二八期,发表时题为《旅途通讯·续篇》。

金黄色阳光从蓝空中洒下，长春的绿树在车顶上挥舞它们的枝叶，鸟群愉快地在每棵树上歌唱，我带着满眼明亮的绿色离开了河池。在这一刻河池的确显得非常美。

车开得快，因此也震动得厉害。我和另一个人坐在车上，还有一个搭客坐在司机台上。我们在车上并不能说是坐，不过是半坐半躺地在邮袋上面打滚。车子走了十多公里以后，我那没有习惯汽车生活的脑子给抖得有点糊涂了，也无法领略在万山丛中奔驰的乐趣。

车子逼近六寨时，忽然出了毛病，司机停了车修理许久，才勉强把车子开到六寨。我们在六寨吃饭的时候，又看见修车厂（就叫它作大同修车厂吧）的两个工人在修理我们的车子。这个修车厂就在饭馆的对面。

从六寨出来，我才注意到喇叭不响了。每逢应当按喇叭的时候，司机（也许是押车的）就拍车板来代替。我常常听见砰砰砰，起先觉得奇怪，后来才恍然明白了。

我看见一块高高地耸立着的纪念碑模样的牌子，像展开鹰翼似的从旁边飞过，我瞥见了牌上的字样，才知道它是为着纪念桂黔两省公路的衔接而竖立的。我想，再往前走应该进入贵州省境了。我便注意地往前后看。山不还是一样的么？土不还是一样的么？树不还是一样的么？这四万万五千万人不是一个亲密的大家庭么？省界的区分并不是为着分割一个民族而存在的。我们不要用省界来拘束自己。

下午，车开到独山城外，在邮政局车站前停了下来。

过独山

前一次经过独山，我仅仅在车站旁边一条街上走了一会儿，那是在夜晚,我不曾看清楚什么。这次车到得早,我在太和旅社开的那间当街的楼房里充满阳光,纸窗亮得可爱,我一点也不感到疲倦,我真想坐下来写两三个钟头。然而我得出去打听第二天早晨开车的时间,也只好暂时抛弃了这间明亮的屋子。在邮政车站我遇见了一个同车的人,他邀我逛街,但是走在半途,他又有事走开了。我一个人进城去走了一大转。我到处停留,到处看,回到旅馆的时候,黑夜已经帘帷似的挂在我的窗外,我得大声叫茶房点灯了。

独山城相当大,街道窄小而整洁,店铺多,大都是平房。每家阃[1]上贴着崭新的春联,有些写得很有趣,可惜匆匆一瞥,什么都没有留在我的眼底。我只记得阃上贴着"迎亲大吉"、"于归大吉"之类的横额的也不少。那么,这应该是一个喜庆的城市吧。

夜带来更多的车。车又带来更多的人。卡车,客车,军用车,邮政车,商车,它们线似的停在车站那条街的两旁。各种各样的人带着尘土立在车的四周,行李凌乱地堆在地上。北方口音、江浙口音、两湖口音、四川口音、广东口音、福建口音,它们像一支神奇的乐曲在这里奏起来。

在一家北方酒馆的门前,一个中国青年用英语给两个美国人解释中国菜名。在另一个北方馆子里,两个苏北口音的绅士向掌柜先生交涉借宿的事。"好,包给我,你九点钟来,我给你预备好房间。"一个熟识的年轻茶房说。掌柜先生加上一句:"你先进城去,找不到再来。"穿黄色雨衣挂热水瓶的绅士立刻答道:"找不到房间,我才到你这块来。"他说的是真话。

---

1 阃,意即门。

　　在广场上，在"抗日阵亡将士纪念塔"前面，一个山东汉子对着一群人在讲包文拯时代的英雄故事。一个伙伴替他收钱。他讲得很不错，而且讲中有唱，他唱时，那个伙伴还要拉胡琴。听众不少，似乎都很感到兴味。但是他讲了一回，讲到精彩的地方就停下来要钱。他的伙伴把装满角票的香烟纸盒拿到那张放灯和放茶壶的条桌上。他一数，说是只有两块钱，还差三块，要收够了钱，他才肯接下去讲唱。他等待着，说了些鼓动的话，于是有人叫了："拿去！"伙伴去接过来，只有两角。"还差两圆八！"他嚷道。另一个人叫："拿钱去！"是一张两圆的钞票。"还差八角。"他倒这样认真。我也出了一块钱。他高兴地宣布："多了两角，下回少要两角。"这个汉子也辛苦了，从山东跑了这么多的路来到这里。

　　早晨天没有亮，我就起来，把行李拿到邮局车站门口。街上已经有不少的行人了。车站的大门还关着，我坐在门前白石上等候天明。

　　过了半点多钟，司机慢慢地走来敲门，门开了。我和另外两个客人也跟着进去。今天换了一个司机，也换了一辆车。邮袋在昨晚就装好了。我和昨天那位同车者仍然必须躺在邮袋上面。车上多一张油布，却少了一个竹篷。

　　六点钟光景车子飞也似的开出了独山车站。车一路颠簸着，我们也在邮袋上面颠簸。风相当大，叫人有点受不住。我看见阴暗的天色，就一直担心着下雨。而且和昨天那位司机一样，我们这位司机在中途也带了几个"黄鱼"，叫大家挤在一块儿，连腿也伸不直了。

　　但是不管这些，我仿佛看见贵阳在前面向我招手。我高兴地想：下午我便可以在贵阳的大街上散步了。

贵阳短简[1]

　　我还记得你对我说过你讨厌贵阳的天。你似乎十分相信那句老话:"天无三日晴。"但是现在我告诉你,我在这里接连看见几个美丽的晴天。头上没有一片云,天空是淡青色的。阳光给树叶薄薄敷上一层金粉。大群苍鹰展开两翅在空中自由地翻腾,麻雀在屋檐上愉快地讲话。一阵微风吹到脸上,就像是一只熟悉的手在轻轻抚摩。桃花盛开,杨柳也在河畔发芽。我呼吸着春天的空气。

　　我坐在"社会公寓"的一间整洁、明亮的小小楼房里给你写信。窗下是一个有绿树点缀的天井,我的书桌安放在窗前。对面楼房后耸起来一座八角亭的第三层顶楼,顶尖是用五个颜色不同的瓷瓶叠砌起来的,这时它正在午后阳光下灿烂地发光。八角亭的每只角尖上伸起一个骄傲的龙头。在一个龙头的旁边忽然飘起了一只白白的小风筝。棕色的书桌还是新近油漆过的,在它的发亮的表面上也有一块小小的天,不过颜色却淡成灰白了,有时我俯下头就会看见一只鹰在桌面上掠过。除了鹰,这里还有乌鸦和它们那单调的呱呱声。

　　晚上我又看见更美丽的星天。其实这是月夜,但是我更喜欢提说

1　写于一九四二年三月二十五日,贵阳。

星星。一钩新月,好些星子,蓝天显得很亮,星星像灯一般地挂在我的头上,好像我们随便拾起一个石子掷去,便可以把它们打落下来。为了这样的夜,我宁愿舍弃我的睡眠。

离开天,再来看地,看人,我想这些应该和你两个月前看见的差不多。街道不会变。人也不会变。人永远是那样,街道也永远是那么拥挤。

昨天下午我在大街上散步。我忽然起了一个奇怪的想头。眼前那些人似乎都是过路的,活动的,他们的脚不会停留在一个固定的地方。他们不停地跑,朝着各个方向跑,匆匆忙忙,去了回来,回来又去,到处都是站口。大家抢先恐后地挤到一个无形的热海里去洗一回澡。头上是汗,心里是火,大家热在一起,大家在争取时间,大家在动、在战斗。大家都疯了。

"走啊,走啊,快向前走啊!"到处都是这样的叫喊,高声的,低声的,有声的,无声的,似乎整个城市都在附和着,整个城市都在动。

汽车的摩托响起来;沿着公路无穷无尽的车子开过来又开出去;商货卸下一批,另一批又装上了一部车子。麻袋,蒲包,木箱……有的在城内留下;有的却从城内往外流去。这里原是一个转运的站头,它又是三条岔路的中心点:从这里有无数的车辆开往重庆、昆明和桂林。

每个旅店门前都挂着一块黑板,上面写着最引人注目的白字:"今晨有车直放重庆、昆明、金城江,请向本账房登记。"或是金城江,或是昆明(曲靖),或是重庆,在黑板上每天至少总有一个地名。真有车开么?没有那样的事!或者偶尔有一辆商车开往什么地方托账房代拉两个客人,这倒是可能的。半年前我经过这儿,住在一家旅馆里,就看见两个去重庆的学生为了坐车的事跟旅馆的人打架,听那两个学生的话,好像是人家先收了他们的钱才去找车,而车又不好。事情过了半年,我也记不清楚了。不过现在有一件事倒是确实的:运输统制局禁止烧汽油的商车从这里开行。要把汽油车改装上烧木炭的设备,也不是短时间内办得到的事,那么哪里来的车子直放××呢? 难道是为了安慰旅人,减轻他们的等待的痛苦,才故意挂上这块黑板,绘上一点点希望的彩色么?

"我明天走了。"能够说这句话的人是幸福的。可是幸福的人每天只有少数。住在旅店里和亲友家中焦急地等车的人不知道还有若干。中国运输公司的班车是照常开行的。到车站去登记吧。往重庆可以在十九天以后买票;去金城江必须整整等待一个月;曲靖的班车从三月四日起就停开了。那么怎样走呢? 我们能够飞么? 不走,难道还可以把旅馆当作家? 况且旅馆都有规定,限制旅客久住。即使旅馆可以通融,但是那样高的房钱谁能够长期负担?

我在这里等了六天了,不知道还要等待若干时候。从物价较低的地方跑到物价高涨的这里住下来,而且还要到生活程度更高的地方去,我也跟着别人跑。为着什么? 难道我也在发疯? 但是我不管这有限的旅费是否会在这长期的等待中耗尽,我每天仍旧安静地在明亮的窗前读书,或者在暖和的阳光下与平静的星夜里在"社会公寓"门前小河边散步。我的心的确是安静的。倘使我在争取时间这一点上战败了,那么就让我利用这个机会休息一会儿吧。

你知道我的脾气。我懒得为找车的事情到处奔跑。其实这句话也有点夸张。我已经奔跑过了,事情也有了眉目,说不定再等两天我便会离开贵阳。

筑渝道上¹

别贵阳

听说是早晨六点钟开车，我不等天亮便醒了，用手电筒照着看表，不过四点多钟，"公寓"里还是一片黑，一片静。我想再睡一会儿，闭上眼睛，脑子里却好像起了骚动似的，思想起落不停，我觉得烦躁，便睁开眼从床上坐起。天开始泛白色，房里的桌椅在阴暗中渐渐地露了出来。等我穿好衣服，用昨夜留下的冷水洗了脸漱过口，茶房才用含糊的瞌睡声来叩门。

我应当感谢这个年轻的茶房，他为我至少牺牲了一小时的睡眠，他把我的两只皮箱提下楼，又为我打开"公寓"的大门，还跑到街上去叫来一部黄包车。

天已经大亮，麻雀吱吱喳喳地在檐前叫个不停，清晨的凉风送我上车。我望了望河边的几株绿杨，桥头停着好几辆去花溪的马车。只有箱子似的车身，马不知歇在哪里，倘使不离开贵阳，我今天会坐这样的车到花溪去。但是现在我失掉机会了。啊，不能这样说，我看表，只差十分钟就到六点；黄包车还要走一大段路，又有上坡路，说不定

---

1 写于一九四二年三月三十日，重庆。

我到车站时，邮车已经开走了。我很着急，可是车夫拖着人和箱子走不动，也没有办法。

我后来下了车让车夫单拉行李，车子终于到了邮车站。我并没有来迟，好几部汽车都停在站上。开重庆的汽车到七点钟才开出车站。这次我安稳地坐在司机台上，两手抱着皮包，眼光透过玻璃窗直望前面的景物。

街旁的店铺依次向后退去，尘沙在空中飞腾，汽车跑着，吼着，沿着灰白色的公路，离开了阳光笼罩的贵阳城。车很兴奋，我也很兴奋。

筑渝道上

汽车疯狂似的跑着。它抛撇了街市，抛撇了人群。它跑进了山中，在那里它显得更激动了。

公路像一条带子，沿着山坡过去，或者就搭在坡上，叫车子左弯右拐，有时绕过山，有时又翻过山。我只见一座一座的山躲到我后面去，却不晓得走过了若干路程。

山全是绿色，树枝上刚长满新叶，盛开的桃李把它们的红白花朵，点缀在另一些长春的绿树中间。一泓溪水，一片山田，黄黄的一大片菜花，和碧绿的一大块麦田。小鸟在枝头高叫，喜鹊从路上飞过。两三个乡下人迎面走来，停在路边，望着车子微笑。七八匹驮马插着旗子摇着项铃慢吞吞地走着，它们听见了车声便慌张地让路。

这一切抓住了我的心。我真想跳下车去扑倒在香味浓郁的菜花中间，我真想像罗曼·罗兰的英雄克利斯多夫[1]那样叫道：

1　即克利斯朵夫。

"为什么你是这样的美？……我抓住你了！你是我的！"

一片土，一棵树，一块田……它们使我的眼睛舒畅，使我的呼吸畅快，使我的心灵舒展。我爱这春回大地的景象，我爱一切从土里来的东西，因为我是从土里来，也要回到地里去。

生命，无处不是生命。在现代化的城市里生命常常被窒息；在这群山中，在这田野上，生命是多么丰富，多么美！

正午我们在坝水镇吃中饭，阳光当顶，天气相当热。午前我们的车子经过乌江，那是一段从石山中间凿出来的危险路，车子紧紧地傍着悬崖走，一旦失脚，便会落在无底的江中。铁桥是新近造成的，高高地架在江上，连接了两座大山。车子过了桥，便往对面的山上爬去，我转脸一望，已经绕过一个大圈子了。下午，太阳快落坡的时候，我们到了被称为"黔北锁钥"的娄山关，车子再往前走，从山上转着急弯盘旋下去，路也是相当危险的。司机全神贯注地转动车盘。我朝下望，公路在两座绿色的高山中间一弯一拐，恰像一条山涧流向我的眼光达不到的地方。车子一颠一簸地往下滚动的时候，我注意司机的脸部表情，那种严肃和紧张是看得出来的。但是我放心了，仿佛眼前就是平坦的大路。

我们到达桐梓的时候，太阳刚落下山去。月亮已经挂在天空了。又是一个温暖的月夜。

晚上在桐梓的街上散步。只有几条街，相当整齐；还有电灯，这倒是我没有料到的。

我和另一位乘车者这一夜就住在邮车站附近一个人家，离城有一公里远，我们踏着月色走回那边去。坐了一天车子以后，走在宽阔的马路上，我觉得非常爽快。

第二天早晨天不亮，我就起来了，可是在车站上还耽搁了好一阵子。天色阴暗,我们头顶上便是大片灰暗的云,好像随时都会落雨似的。

车子经过花秋坪,这里又是一个危险的地方,不过我在车上什么也看不见。车到山顶,四周全是云雾,我看见一块写着"花秋坪全景眺望台"的牌子。从那里望下去,我应该看见许多东西,但是一片雾海把它们全遮住了。车就在云雾中走,前后都好像没有路似的。然而转一个弯,过一个坡,路自然地现出来了。下了山,抬头一望,山头云雾弥漫,我不觉疑惑地想起来:我真的是从那座山上下来的么?路在什么地方呢?今天换了一个司机,是广东人,也是一个熟手,和昨天的湖北司机一样,而且他更镇定,更沉静,开车更有把握。我用不着担心。

押车的还是昨天的旧人,他坐在邮袋上。每到一个邮局或者代办所,车停住,他就得爬下来办事情。昨天在遵义搬了那么多沉重的袋子下来,也够他辛苦了。今天的工作倒轻松了些。

车子过綦江,并没有停多久,但我们也下去站了一会儿。坐得太久了,也是一件苦事。然而前面还有八十几公里的路。

在一品场停车受检查,海关人员和宪兵都爬上车来,检查相当仔细,我的两只箱子都打开了。在前面另一个地方还要经过一次检查手续。每一次检查都告诉我们:重庆城就近在目前了。

五点半钟,车子到达海棠溪,在公路车站前我瞥见了一个朋友的影子,他追上来在车窗外向我招手,我还来不及回答他,车子就把我载到江边叠满石子的滩上。

我下了车,望着那个向我跑过来的朋友的影子,我放心地吐了一口气:现在我终于到了重庆了。

再访巴黎[1]

　　一个半月没有记下我的"随想",只是因为我参加中国作家代表团到法国去访问了将近三个星期。在巴黎我遇见不少人,他们要我谈印象,谈观感。时间太短了,走马看花,匆匆一瞥,实在谈不出什么。朋友们说,你五十多年前在巴黎住过几个月,拿过去同现在比较,你觉得变化大不大。我不好推脱,便信口回答:"巴黎比以前更大了,更繁华了,更美丽了。"这种说法当然"不够全面"。不过我的确喜欢巴黎的那些名胜古迹,那些出色的塑像和纪念碑。它们似乎都保存了下来。偏偏五十多年前有一个时期我朝夕瞻仰的卢骚[2]的铜像不见了,现在换上了另一座石像。是同样的卢骚,但在我眼前像座上的并不是我所熟悉的那个拿着书和草帽的"日内瓦公民",而是一位书不离手的哲人,他给包围在数不清的汽车的中间。这里成了停车场,我通过并排停放的汽车的空隙,走到像前。我想起五十二年前,多少个下着小雨的黄昏,我站在这里,向"梦想消灭压迫和不平等"的作家,倾吐我这样一个外国青年的寂寞痛苦。我从《忏悔录》的作者这里得到了安慰,

---

1　写于一九七九年五月二十二日。

2　即卢梭。

学到了说真话。五十年中间我常常记起他，谈论他，现在我来到像前，表达我的谢意。可是当时我见惯的铜像已经给德国纳粹党徒毁掉了，石像还是战后由法国人民重新塑立的。法国朋友在等候我，我也不能像五十二年前那样伫立了。先贤祠前面的景象变了，巴黎变了，我也变了。我来到这里，不再感到寂寞、痛苦了。

我在像前只立了片刻。难道我就心满意足，再没有追求了吗？不，不！我回到旅馆，大清早人静的时候，我想得很多。我老是在想四十六年前问过自己的那句话："我的生命要到什么时候才开花？"这个问题使我苦恼，我可以利用的时间就只有五六年了。逝去的每一小时都是追不回来的。在我的脑子里已经成形的作品，不能让它成为泡影，我必须在这一段时间里写出它们。否则我怎样向读者交代？我怎样向下一代人交代？

一连三个大清早我都在想这个问题，结束访问的日期越近，我越是无法摆脱它。在国际笔会法国分会的招待会上我说过，这次来法访问我个人还有一个打算：向法国老师表示感谢，因为爱真理、爱正义、爱祖国、爱人民、爱生活、爱人间美好的事物，这就是我从法国老师那里受到的教育。我在《随想录》第十篇中也说过类似的话。就在我瞻仰卢骚石像的第二天中午，巴黎第三大学中文系师生为我们代表团举行欢迎会，有两位法国同学分别用中国话和法国话朗诵了我的文章，就是《随想录》第十篇里讲到我在巴黎开始写小说的那一大段。法国同学当着我的面朗诵，可能有点紧张，但是他们的态度十分友好，而且每一句话我都听得懂。没有想到在巴黎也有《随想录》的读者！我听着，我十分激动。我明白了，这是对我的警告，也是对我的要求。第一次从法国回来，我写了五十年（不过得扣除被"四人帮"夺去的十年），写了十几部中长篇小说；第二次从法国回来，怎么办？至少也得写上五年……十年,也得写出两三部中长篇小说啊!

在巴黎的最后一个清晨,在罗曼·罗兰和海明威住过的拉丁区巴黎地纳尔旅馆的七层楼上,我打开通阳台的落地窗门,凉凉的空气迎面扑来,我用留恋的眼光看巴黎的天空,时间过得这么快! 我就要走了。但是我不会空着手回去。我好像还有无穷无尽的精力。我比在五十年前更有信心。我有这样多的朋友,我有这样多的读者。我拿什么来报答他们?

我想起了四十六年前的一句话:

就让我做一块木柴吧。我愿意把自己烧得粉身碎骨给人间添一点点温暖。[1]

我一刻也不停止我的笔,它点燃火烧我自己,到了我成为灰烬的时候,我的爱我的感情也不会在人间消失。

---

1 原载巴金《旅途随笔》。

生命感悟

爱尔克的灯光 [1]

傍晚,我靠着逐渐暗淡的最后的阳光的指引,走过十八年前的故居。这条街、这个建筑物开始在我的眼前隐藏起来,像在躲避一个久别的旧友。但是它们的改变了的面貌于我还是十分亲切。我认识它们,就像认识我自己。还是那样宽的街,宽的房屋。巍峨的门墙代替了太平缸和石狮子,那一对常常做我们坐骑的背脊光滑的雄狮也不知逃进了哪座荒山。然而大门开着,照壁上"长宜子孙"四个字却是原样地嵌在那里,似乎连颜色也不曾被风雨剥蚀。我望着那同样的照壁,我被一种奇异的感情抓住了,我仿佛要在这里看出过去的十八个年头,不,我仿佛要在这里寻找十八年以前的遥远的旧梦。

守门的卫兵用怀疑的眼光看我。他不了解我的心情。他不会认识十八年前的年轻人。他却用眼光驱逐一个人的许多亲密的回忆。

黑暗来了。我的眼睛失掉了一切。于是大门内亮起了灯光。灯光并不曾照亮什么,反而增加了我心上的黑暗。我只得失望地走了。我向着来时的路回去。已经走了四五步,我忽然掉转头,再看那个建筑物。依旧是阴暗中的一线微光。我好像看见一个盛满希望的水碗一下

1　写于一九四一年三月,重庆。

子就落在地上打碎了一般，我痛苦地在心里叫起来。在这条被夜幕覆盖着的近代城市的静寂的街中，我仿佛看见了哈立希岛上的灯光。那应该是姐姐爱尔克点的灯吧。她用这灯光来给她航海的兄弟照路，每夜每夜灯光亮在她的窗前，她一直到死都在等待那个出远门的兄弟回来。最后她带着失望进入坟墓。

街道仍然是清静的。忽然一个熟悉的声音在我耳边轻轻地唱起了这个欧洲的古传说。在这里不会有人歌咏这样的故事。应该是书本在我心上留下的影响。但是这个时候我想起了自己的事情。

十八年前在一个春天的早晨，我离开这个城市、这条街的时候，我也曾有一个姐姐，也曾答应过有一天回来看她，跟她谈一些外面的事情。我相信自己的诺言。那时我的姐姐还是一个出阁才只一个多月的新嫁娘，都说她有一个性情温良的丈夫，因此也会有长久的幸福的岁月。

然而人的安排终于被"偶然"毁坏了。这应该是一个"意外"。但是这"意外"却毫无怜悯地打击了年轻的心。我离家不过一年半光景，就接到了姐姐的死讯。我的哥哥用了颤抖的哭诉的笔叙说一个善良女性的悲惨的结局，还说起她死后受到的冷落的待遇。从此那个做过她丈夫的所谓温良的人改变了，他往一条丧失人性的路走去。他想往上爬，结果却不停地向下面落，终于到了用鸦片烟延续生命的地步。对于姐姐，她生前我没有好好地爱过她，死后也不曾做过一样纪念她的事。她寂寞地活着，寂寞地死去。死带走了她的一切，这就是在我们那个地方的旧式女子的命运。

我在外面一直跑了十八年。我从没有向人谈过我的姐姐。只有偶尔在梦里我看见了爱尔克的灯光。一年前在上海我常常睁起眼睛做梦。我望着远远的在窗前发亮的灯，我面前横着一片大海，灯光在呼唤我，我恨不得腋下生出翅膀，即刻飞到那边去。沉重的梦压住我的心灵，我好像在跟许多无形的魔手挣扎。我望着那灯光，路是那么远，我又没有翅膀。我只有一个渴望：飞！飞！那些熬煎着心的日子！那些可怕的梦魇！

但是我终于出来了。我越过那堆积着像山一样的十八年的长岁月，回到了生我养我而且让我刻印了无数儿时回忆的地方。我走了很多的路。

十八年，似乎一切全变了，又似乎都没有改变。死了许多人，毁了许多家。许多可爱的生命葬入黄土。接着又有许多新的人继续扮演不必要的悲剧。浪费，浪费，还是那许多不必要的浪费——生命，精力，感情，财富，甚至欢笑和眼泪。我去的时候是这样，回来时看见的还是一样的情形。关在这个小圈子里，我禁不住几次问我自己：难道这十八年全是白费？难道在这许多年中间所改变的就只是装束和名词？我痛苦地搓自己的手，不敢给一个回答。

在这个我永不能忘记的城市里，我度过了五十个傍晚。我花费了自己不少的眼泪和欢笑，也消耗了别人不少的眼泪和欢笑。我匆匆地来，也将匆匆地去。用留恋的眼光看我出生的房屋，这应该是最后的一次了。我的心似乎想在那里寻觅什么。但是我所要的东西绝不会在那里找到。我不会像我的一个姑母或者嫂嫂，设法进到那所已经易了几个主人的公馆，对着园中的花树垂泪，慨叹着一个家族的盛衰。摘吃自己栽种的树上的苦果，这是一个人的本分。我没有跟着那些人走一条路，我当然在这里找不到自己的脚迹。几次走过这个地方，我所看见的还只有那四个字："长宜子孙"。

"长宜子孙"这四个字的年龄比我的不知大了多少。这也该是我祖父留下的东西吧。最近在家里我还读到他的遗嘱。他用空空两手造就了一份家业,到临死还周到地为儿孙安排了舒适的生活。他叮嘱后人保留着他修建的房屋和他辛苦地搜集起来的书画。但是儿孙们回答他的还是同样的字:分和卖。我很奇怪,为什么这样聪明的老人还不明白一个浅显的道理:财富并不"长宜子孙",倘使不给他们一样生活技能,不向他们指示一条生活道路;"家"这个小圈子只能摧毁年轻心灵的发育成长,倘使不同时让他们睁起眼睛去看广大世界;财富只能毁灭崇高的理想和善良的气质,要是它只消耗在个人的利益上面。

"长宜子孙",我恨不能削去这四个字!许多可爱的年轻生命被摧残了,许多有为的年轻心灵被囚禁了。许多人在这个小圈子里面憔悴地挨着日子。这就是"家"!"甜蜜的家"!这不是我应该来的地方。爱尔克的灯光不会把我引到这里来的。

于是在一个春天的早晨,依旧是十八年前的那些人把我送到门口,这里面少了几个,也多了几个。还是和那次一样,看不见我姐姐的影子,那次是我没有等待她,这次是我找不到她的坟墓。一个叔父和一个堂兄弟到车站送我,十八年前他们也送过我一段路程。

我高兴地来,痛苦地去。汽车离站时我心里的确充满了留恋。但是清晨的微风,路上的尘土,马达的叫吼,车轮的滚动,和广大田野里一片盛开的菜籽花,这一切驱散了我的离愁。我不顾同行者的劝告,把头伸到车窗外面,去呼吸广大天幕下的新鲜空气。我很高兴,自己又一次离开了狭小的家,走向广大的世界中去!

忽然在前面田野里一片绿的蚕豆和黄的菜花中间,我仿佛又看见了一线光,一个亮,这还是我常常看见的灯光。这不会是爱尔克的灯里照出来的,我那个可怜的姐姐已经死去了。这一定是我的心灵的灯,它永远给我指示我应该走的路。

自白之一 [1]

近来我常常做噩梦，醒来后每每绝望地追问自己，难道那心的探索在梦里也不能够停止么？我为什么一定要如此严酷地解剖自己？

一个朋友说过有信仰的人是不应该有痛苦的。我并不迟疑，并不徘徊，我甚至在最可怕的黑暗里也不曾失掉过信仰。但是我却永远摆脱不掉痛苦，因为我永远在感情与理智的冲突中挣扎，在思想和行为的矛盾中挣扎。我也许是一个懦弱的人。然而我却不曾放松过自己，我努力给自己找机会要取得勇气。

这样的挣扎是痛苦的。在这长的路程中我就拿了自己的血和泪做代价，在梦里流的血和泪只有自己才能够看见。我后来就把它们洒在我的文章里，然而别人却在那里面嗅出了别的气味。我也知道我的文章是不值得看重的，但是为了它们，我就把一个人最可宝贵的青年时代的光阴浪费掉了。甚至到现在我还不得不拿起笔在白纸上写黑字，我还不能够另走一条生活的路。我的痛苦不是没有原因的。

心啊，饶恕我吧，难道我这一生就没有一刻心的安静的时候么？

---

1 写于一九三四年一月，北平。最初发表于《文学季刊》一九三四年一月一日第一卷第一期，发表时署名余七。

生命[1]

　　我接到一个不认识的朋友的来信,他说愿意跟我去死。这样的信我已经接过好几封了,都是一些不认识的年轻人寄来的。现在我住在一个朋友的家里,是一个很安静的地方。我的窗前种了不少的龙头花和五色杜鹃,在自己搭架的竹篱上缠绕着牵牛花和美国豆的长藤。在七月的大清早,空气清新,花开得正繁,露出一片欣欣向荣的景象。对面屋脊上站着许多麻雀,它们正吵闹地欢迎新生的太阳。到处都充满着生命。我的心也因为这生命的繁荣而快活地颤动了。

　　然而这封信使我想起了另一些事情。我的心渐渐地忧郁起来。眼前生命的繁荣仿佛成了一个幻景,不再像是真实的东西了。我似乎看见了另一些景象。

　　我应该比谁都更了解自己吧。那么为什么我会叫人生出跟我去死的念头呢?难道我就不曾给谁展示过生命的美丽么?为什么在这个充满了生命的夏天的早晨我会读到这样的信呢?

　　我的心里怀着一个愿望,这是没有人知道的,我愿每个人都有住房,每张口都有饱饭,每个心都得到温暖。我想揩干每个人的眼泪,不

1　写于一九三四年七月,北平。

再让任何人拉掉别人的一根头发。

　　然而这一切到了我的笔下都变成另一种意义了。我的美丽的愿望都给现实生活摧毁干净了。同时另一种思想慢慢地在我的脑子里生长起来,甚至违背了我的意志。

　　我能够做什么呢?

　　"我就是真理,我就是大道,我就是生命。"能够说这样话的人是有福的了。

　　"我要给你们以晨星!"能够说这样话的人也是有福的了。

　　但是我,我什么时候才能够说一句这样的话呢?

风[1]

二十几年前,我羡慕"列子御风而行"[2],我极愿腋下生出双翼,像一只鸷鸟自由地在天空飞翔。

现在我有时仍做着飞翔的梦,没有翅膀,我用两手鼓风。然而睁开眼睛,我还是郁闷地躺在床上,两只手十分疲倦,仿佛被绳子缚住似的。于是,我发出一声绝望的叹息。

做孩子的时候,我和几个同伴都喜欢在大风中游戏。风吹着我们的衣襟,风吹动我们的衣袖。同样张着双手,顺着风势奔跑,仿佛身子轻了许多,就像给风吹在空中一般。当时自己觉得是在飞了。因此从小时起我就喜欢风。

后来进学校读书,我和一个哥哥早晚要走相当远的路,雨天遇着风,我们就用伞跟风斗争。风要拿走我们的伞,我们不放松;风要留住我们的脚步,我们却往前走。跟风斗争,是一件颇为吃力的事。但是我们从这个也得到了乐趣,而且不用说,我们的斗争是得到胜利的。

这也是很久以前的事了。不过现在回想起来还是值得怀念的。

可惜我不曾见过飓风。去年坐海船,为避飓风,船在福州湾停了

1　写于一九四一年七月九日,昆明。

2　原载《庄子·逍遥游》:"夫列子御风而行,泠然善也,旬有五日而后反。"

一天半。天气闷热,海面平静,连风的影子也没有。船上的旗纹丝不动,后来听说飓风改道走了。

在海上,有风的时候,波浪不停地起伏,高起来像一座山,而且开满了白花;落下去又像一张大嘴,要吞食眼前的一切。轮船就在这一起一伏之间慢慢地前进。船身摇晃,上层的桅杆、绳梯之类,私语似的吱吱喳喳响个不停。这情景我是经历过的。

但是我没见过轮船被风吹在海面漂浮,失却航路,船上一部分东西随着风沉入海底。我不曾有过这样的经验。

今年我过了好些炎热的日子。有人说是奇热,有人说是闷热,总之是热。没有一点风声,没有一丝雨意。人发喘,狗吐舌头,连蝉声也像哑了似的,我窒息得快要闭气了。在这些时候我只有一个愿望:起一阵大风,或者下一阵大雨。

云[1]

傍晚我站在露台上看云。一片红霞挂在城墙边绿树枝叶间。还有两三紫色云片高高地涂抹在蓝天里。红霞淡去了。紫云还保持着它们的形状和颜色。这些云并没有可以吸引住眼光的美丽,它们就像小孩的信笔涂鸦。但是我把它们看了许久。

一片云使我的眼光停留一两小时,这样的事的确是有过的。我看云不是因为它们形状瑰丽,而且时常幻出各种奇异的景物,也不是因为看见云易消易生,而使我想起许多过去的事情。不是。我只有一个念头:我想乘云飞往太空。

我读过一个美国人[2]写的剧本《笨人》,后来也看过根据这个剧本摄制的影片。在电影里我看见黑天使乘着棉花似的白云在天空垂钓。这似乎是有趣的事。可是我没有这种兴致。我并不为这事情羡慕那些黑天使。倘使我能乘云飞往太空,我绝不会在空中垂钓,不管钓的是什么东西。

我想乘云,是愿意将身子站在那个有着各种颜色的、似烟似雾、

1　写于一九四一年七月十日。

2　指玛·康乃里。

似实似虚的东西上面,让它载着我往上飞,往上飞,摆脱一切的羁绊,撇开种种的纠缠。我再看不见一切,除了蔚蓝的太空;我再听不见一切,除了浪涛似的风声。我要飞,一直飞往宇宙的尽头(其实这尽头是不存在的),或者我会挨近烈日而被灼死,使全身成为燃料,或者我会远离太阳而冻成石尸。甚至这个也是我所愿望的结局。我在永闭眼睛以前一定会感到痛快,而且是无比痛快的。

但是我知道这只是我的幻想,我不会有这样的机会。

我又想起了一个故事,仍然是一个戏[1],而且我也看过由这个戏改编的电影。一个叫作立良(Liliom)的年轻的幻想家抛弃了妻儿自杀了。他飞上太空去受最后的裁判,在神面前他提出了一个最后的要求——回到人间。几年以后一列火车穿过云霞,送他到地上,送他回到他那个小小的田庄去。他要求回家,只是想做一件帮助妻儿的事。他作为一个陌生人到了那个家,受了温情的款待,结果却打了自己的小孩一记耳光,像一个忘恩者似的走了。

我了解他那时的心情。

有一天我也会成为这样的一个幻想家么?已经飞向太空了,却又因为留恋人间而跌下来。为了帮助人而回到人间,却只做出损害人的事情空着手去了。

立良的刀仿佛就插在我的胸上。我觉得痛了。

我明白我是不能够飞向太空的。纵使我会往上飞,我也要从云端跌下来,薄薄的云片载不起我这颗留恋人间的心。

现在我应该收起我的幻想了。我不愿走立良的寂寞、痛苦的路。

1 指费·莫纳尔《立良》。

雷[1]

灰暗的天空里忽然亮起一道"火闪"[2]，接着就是那好像要打碎万物似的一声霹雳，于是一切又落在宁静的状态中，等待着第二道闪电来划破长空，第二声响雷来打破郁闷。闪电一股亮似一股，雷声一次高过一次。

在夏天的傍晚，我常见到这样的景象。

小时候我怕听雷声，过了十岁我不再因响雷而战栗，现在我爱听那一声好像要把人全身骨骼都要震脱节似的晴空霹雳。

算起来，该是很久以前的事了。我还是个四五岁的孩子，跟着父母住在广元县的衙门里。一天晚上，在三堂后面房里一张宽大的床上，我忽然被一声巨响惊醒了。房里没有别人，我睡眼蒙眬中只见窗外一片火光，仿佛房屋就要倒塌下来似的。我恐怖地大声哭起来，直到女佣杨嫂进屋来安慰我，让我闭上眼睛，再进到梦里去。在这以后只要雷声一响，我就觉得眼前的一切都会马上崩塌，好像已经到了世界的末日了。不过那时我的世界就只是一个衙门。

1　写于一九四一年七月十六日。

2　火闪，四川话，即闪电。

这是我害怕雷声的开始。我的畏惧不断地增加。衙门里的女佣、听差们对这增加是有功劳的。从他们那里我知道了许多关于雷公的故事。有一个年老的女佣甚至告诉我：雷声一响，必震死一个人。所以每次听见轰轰雷声，我便担心着：不晓得又有谁受到处罚了。雷打死人的事在广元县就有过，我当时不能够知道它的原因，却相信别人眼见的事实。

年纪稍长，我又知道了雷震子的故事。雷公原来有着这样一个相貌：一张尖尖的鸟嘴，两只肉翅，蓝脸赤发，拿着铜锤满天飞。这知识是从小说《封神榜》里得来的。不知道为什么我喜欢这相貌，我倒想见见他。我的畏惧减少了些，因为我在《封神榜》中看出来雷震子毕竟带有人性，还是可以亲近的，虽然他有着那样奇怪的形状。

再后，我的眼睛睁大了。我明白了许多事情。我也看穿了神和鬼的谜。我不再害怕空虚的事物，也不再畏惧自然界的现象。跟着年岁的增长，我的脚跟也站得比较稳了。即使立在天井里，望着一个响雷迎头劈下，我也不会改变脸色，或者惶恐地奔入室内。从此我开始骄傲：我已经到了连巨雷也打不倒的年龄了。

更后，雷声又给我带来一种新的感觉。每次听见那一声巨响，我便感到无比的畅快，仿佛潜伏在我全身的郁闷都给这一个霹雳震得无踪无影似的。等到它的余音消散，我抖抖身子，觉得十分轻松。我常常想，要是没有这样的巨声，我多半已经埋葬在窒息的空气中了。

去年一个昆明的夏夜里，我睡在某友人的宿舍中，两张床对面安放。房间很小，开着一扇窗。我们喝了一点杂果酒，睡下来，觉得屋内闷热，空气停滞，只有蚊虫的嗡嗡声不断地在耳边吵闹。不知过了若干时候，我才昏沉沉地进入梦中。这睡眠是极不安适的，仿佛有一只大手重重地压在我的胸上。我想挣扎，却又无力动弹。忽然一声霹雳

（我从未听见过这样的响雷！）把我从梦中抓起来。的确我在床上跳了一下。我看见一股火光，我还没有睡醒，我当时有点惊恐，还以为一颗炸弹在屋顶爆炸了。那朋友也醒起来，他在唤我。我又听见荷拉荷拉的雨声。"好大的一个雷！"朋友惊叹地说。我应了一句，我觉得空气变得十分清凉，心里也非常爽快，我可以自由地呼吸了。

今年在重庆听见一次春雷，是大炮一类的轰隆轰隆声。"春雷一声，蛰虫咸动。"我想起那些冬眠的小生命听见这声音便从长梦中醒起来，又开始一年的活动，觉得很高兴。我甚至想象着：它们中间有的怎样睁开小眼睛，转头四顾，怎样伸一个懒腰，打一个呵欠，然后一跳，就跳到地面上来。于是一下子地面上便布满了生命，就像小说《镜花缘》中的故事：因为女皇武则天的诏令，只有一夜的工夫，在浓冬里宫中百花齐放，锦绣似的装饰了整个园子。这的确是很有趣的。

雨[1]

窗外露台上正摊开一片阳光,我抬起头还可以看见屋瓦上的一段蔚蓝天。好些日子没有见到这样晴朗的天气了。早晨我站在露台上昂头接受最初的阳光,我觉得我的身子一下就变得十分轻快似的。我想起了那个意大利朋友的故事。

路易居·发布里[2]在几年前病逝的时候,不过四十几岁。他是意大利的亡命者,也是独裁者莫索里尼[3]的不能和解的敌人。他想不到他没有看见自由的意大利,在那样轻的年纪,就永闭了眼睛。一九二七年春天在那个多雨的巴黎城里,某一个早上阳光照进了他的房间,他特别高兴地指着阳光说,这是一件了不起的可喜的事。我了解他的心情,他是南欧的人,是从阳光常照的意大利来的。见到在巴黎的春天里少见的日光,他又想起故乡的蓝天了。他为着自由舍弃了蓝天;他为着自由贡献了一生的精力。可是自由和蓝天两样,他都没有能够再见。

我也像发布里那样地热爱阳光。但有时我也酷爱阴雨。

十几年来,不打伞在雨下走路,这样的事在我不知有过多少次。就

1　写于一九四一年七月二十日。

2　即路易居·法布里。

3　即墨索里尼。

是在一九二七年,当发布里抱怨巴黎缺少阳光的时候,我还时常冒着微雨,在黄昏、在夜晚走到国葬院前面卢骚的像脚下,向那个被称为"十八世纪世界的良心"的巨人吐露一个年轻异邦人的痛苦的胸怀。

我有一个应当说是不健全的性格。我常常吞下许多火种在肚里,我却还想保持心境的和平。有时火种在我的腹内燃烧起来。我受不住熬煎。我预感到一个可怕的爆发。为了浇熄这心火,我常常光着头走入雨湿的街道,让冰凉的雨洗我的烧脸。

水滴从头发间沿着我的脸颊流下来,雨点弄污了我的眼镜片。我的衣服渐渐地湿了。出现在我眼前的只是一片模糊的雨景,模糊……白茫茫的一片……我无目的地在街上走来走去。转弯时我也不注意我走进了什么街。我的脑子在想别的事情。我的脚认识路。走过一条街,又走过一条马路,我不留心街上的人和物,但是我没有被车撞伤,也不曾跌倒在地上。我脸上的眼睛看不见现实世界的时候,我的脚上却睁开了一双更亮的眼睛。我常常走了一个钟点,又走回到自己住的地方。

我回到家里,样子很狼狈。可是心里却爽快多了。仿佛心上积满的尘垢都给一阵大雨洗干净了似的。

我知道俄国人有过"借酒淹愁"的习惯。[1] 我们的前辈也常说"借酒浇愁"。如今我却在"借雨洗愁"了。

我爱雨不是没有原因的。

---

[1] 原载《往事与随想》(亚·赫尔岑著,巴金、臧仲伦译):"俄国人的借酒淹愁的毛病并不像一般人所说的那样坏。昏沉的睡眠究竟比烦恼的失眠好……"

日[1]

为着追求光和热,将身子扑向灯火,终于死在灯下,或者浸在油中,飞蛾是值得赞美的。在最后的一瞬间它得到光,也得到热了。

我怀念上古的夸父,他追赶日影,渴死在旸谷[2]。

为着追求光和热,人宁愿舍弃自己的生命。生命是可爱的。但寒冷的、寂寞的生,却不如轰轰烈烈的死。

没有了光和热,这人间不是会成为黑暗的寒冷世界么?

倘使有一双翅膀,我甘愿做人间的飞蛾。我要飞向火热的日球。让我在眼前一阵光、身内一阵热的当儿,失去知觉,而化作一阵烟,一撮灰。

---

1 写于一九四一年七月二十一日。

2 中国神话:"夸父不量力,欲追日影,逐之于旸谷,渴死。"原载《山海经》。

月[1]

　　每次对着长空的一轮皓月,我会想:在这时候某某人也在凭栏望月么?

　　圆月犹如一面明镜,高悬在蓝空。我们的面影都该留在镜里吧,这镜里一定有某某人的影子。

　　寒夜对镜,只觉冷光扑面。面对凉月,我也有这感觉。

　　在海上、山间、园内、街中,有时在静夜里一个人立在都市的高高露台上,我望着明月,总感到寒光冷气侵入我的身子。冬季的深夜,立在小小庭院中望见落了霜的地上的月色,觉得自己衣服上也积了很厚的霜似的。

　　的确,月光冷得很。我知道死了的星球是不会发出热力的。月的光是死的光。

　　但是为什么还有姮娥奔月的传说呢? 难道那个服了不死之药的美女便可以使这已死的星球再生么? 或者她在那一面明镜中看见了什么人的面影吧。

1　写于一九四一年七月二十二日。

星[1]

在一本比利时短篇小说集里，我无意间见到这样的句子：

星星，美丽的星星，你们是滚在无边的空间中，我也一样，我了解你们……是，我了解你们……我是一个人……一个能感觉的人……一个痛苦的人……星星，美丽的星星……[2]

我明白这个比利时某车站小雇员的哀诉的心情。好些人都这样地对蓝空的星群讲过话。他们都是人世间的不幸者。星星永远给他们以无上的安慰。

在上海一个小小舞台上，我看见了屠格涅夫笔下的德国音乐家老伦蒙。他或者坐在钢琴前面，将最高贵的感情寄托在音乐中，呈献给一个人；或者立在蓝天底下，摇动他那白发飘飘的头，用赞叹的调子说着："你这美丽的星星，你这纯洁的星星。"望着蓝空里眼瞳似的闪烁着的无数星子，他的眼睛润湿了。

我了解这个老音乐家的眼泪。这应该是灌溉灵魂的春雨吧。

---

1 写于一九四一年七月二十二日。

2 原载《比利时短篇小说集》之尔拜·克安司《红石竹花》。

　　在我的房间外面,有一段没有被屋瓦遮掩的蓝天。我抬起头可以望见嵌在天幕上的几颗明星。我常常出神地凝视着那些美丽的星星。它们像一个人的眼睛,带着深深的关心望着我,从不厌倦。这些眼睛每一霎动,就像赐予我一次祝福。

　　在我的天空里星星是不会坠落的。想到这,我的眼睛也湿了。

狗[1]

小时候我害怕狗。记得有一回在新年里，我到二伯父家去玩。在他那个花园内，一条大黑狗追赶我，跑过几块花圃。后来我上了洋楼，才躲过这一场灾难，没有让狗嘴咬坏我的腿。

以后见着狗，我总是逃，它也总是追，而且屡屡望着我的影子猖猖狂吠。我愈怕，狗愈凶。

怕狗成了我的一种病。

我渐渐地长大起来。有一天不知道因为什么，我忽然觉得怕狗是件很可耻的事情。看见狗我便站住，不再逃避。

我站住，狗也就站住。它望着我狂吠，它张大嘴，它做出要扑过来的样子。但是它并不朝着我前进一步。

它用怒目看我，我便也用怒目看它。它始终保持着我和它中间的距离。

这样地过了一阵子，我便转身走了。狗立刻追上来。

我回过头。狗马上站住了。它望着我恶叫，却不敢朝我扑过来。

"你的本事不过这一点点。"我这样想着，觉得胆子更大了。我用

轻蔑的眼光看它,我顿脚,我对它吐出骂话。

它后退两步,这次倒是它露出了害怕的表情。它仍然汪汪地叫,可是叫声却不像先前那样地"恶"了。

我讨厌这种纠缠不清的叫声。我在地上拾起一块石子,就对准狗打过去。

石子打在狗的身上,狗哀叫一声,似乎什么地方痛了。它马上掉转身子夹着尾巴就跑,并不等我的第二块石子落到它的头上。

我望着逃去的狗影,轻蔑地冷笑两声。

从此狗碰到我的石子就逃。

猪[1]

人们爱说"猪狗"，其实"猪"和"狗"是不能并提的。也有一些人喜欢狗，却没有一个人爱过猪，虽然有不少人天天在吃猪肉。

最近在重庆沙坪坝，我常常看见一群一群的白猪被人赶着走过正街。这些猪大概是走向屠宰场去的，它们自己或许明白这件事情也未可知，我这个猜想是从它们赖在路上不肯前进的举动上来的。

自然也有人说，猪不肯走路，是因为它们身躯过于肥胖，走路不便，或者只是因为猪是"懒"动物。他们的说法也许有道理。不过我每次看见赶猪人拿着竹片打在猪的背上，听见猪的怪叫声，又看见白毛上绽出的一条一条的血痕，我总要想，这些猪一定不愿意到刑场去吧。

我们有一句俗话："蝼蚁尚且贪生。"那么即便是一条猪，它也一样知道爱惜生命吧。

可是世界却少有不被宰割的猪。猪似乎就是为着做人的食料而生的。猪被人养着，结果是被人吃掉。有个诗人[2]曾经感叹地写过：

看见猪，就想吃，

---

1 写于一九四一年七月二十五日。
2 指陆志韦。

蠢哉猪也！

据诗人看来，猪被吃，是它自己的错。我也明白诗人的意思。的确要是猪的肉不肥美，绝不会有人看见猪肉就流口涎。

但是若说看见猪就想吃，这话也有问题。我有几次走过人们养猪的地方，看见好些猪拥挤在猪圈里，一身灰黑色，头上背上全是脏水，有的躺在地上，有的拿鼻子和嘴到处碰来碰去，哼着不成腔调的怪声音。我当时即使肚饿，我也不会想吃它们。看见猪，就厌恶，这样说，倒更近于真实。如果我们再想到猪是人的食料这一事实，那么看见猪，起怜悯心也是可能的。

我吃猪肉，但是我厌恶猪。生活在污秽里糊里糊涂地过日子，吃着睡着，睡着吃着，把自己养肥，以便给人们做食料。这样的东西我无论如何是不能爱的。

据说牛进屠宰场会掉眼泪，而且要向屠夫双脚下跪。也有人为了这个就不肯吃牛肉。我不知道这是否事实。不过我从没有听见人说起猪流泪的话。那么猪大概是糊里糊涂地被杀掉、吃掉的吧。我说猪不肯走向刑场，恐怕只是我个人的猜想。

在桂林城里我见过人们抬着猪在街上走。看那被抬着的猪的样子，似乎它很舒服，比那些被赶被打的猪舒服得多。被抬着的猪若能思想，它也许会说出它比别的同伴幸福的话。不过在我们人看来，无论安适地被抬着也好，或者痛苦地被打着也好，押送刑场被宰杀，总是一样，后来做成菜被人们吃进肚里也是一样。

做了猪除去被吃而外，再没有别的更好的命运。

那么猪为什么还要吃着，睡着，养肥自己，准备给人们饱餐一顿呢？

我又想起了诗人的"蠢哉"两个字。

虎[1]

我不曾走入深山,见到活泼跳跃的猛虎。但是我听见过不少关于虎的故事。

在兽类中我最爱虎;在虎的故事中我最爱下面的一个:

深山中有一所古庙,几个和尚在那里过着单调的修行生活。同他们做朋友的,除了有时上山来的少数乡下人外,就是几只猛虎。虎不惊扰僧人,却替他们守护庙宇。作为报酬,和尚把一些可吃的东西放在庙门前。每天傍晚,夕阳染红小半个天空,虎们成群地走到庙门口,吃了东西,跳跃而去。庙门大开,僧人安然在庙内做他们的日课,也没有谁出去看虎怎样吃东西,即使偶尔有一二和尚立在门前,虎们也视为平常的事情,把他们看作熟人,不去惊动,却斯斯文文地吃完走开。如果看不见僧人,虎们就发出几声长啸,随着几阵风飞腾而去。

可惜我不能走到这座深山,去和猛虎为友。只有偶尔在梦里,我才见到这样可爱的动物。在动物园里看见的则是被囚在"狭的笼"[2]中摇尾乞怜的驯兽了。

其实说"驯兽",也不恰当。甚至在虎圈中,午睡醒来,昂首一呼,还

---

1 写于一九四一年七月二十六日。

2 即虎圈。

能使猿猴战栗。万兽之王的这种余威,我们也还可以在做了槛内囚徒的虎身上看出来。倘使放它出柙,它仍会奔回深山,重做山林的霸主。

我记起一件事情,三十一年前,父亲在广元做县官。有天晚上,一个本地猎户忽然送来一只死虎,他带着一脸惶恐的表情对我父亲说,他入山打猎,只想猎到狼、狐、豺、狗,却不想误杀了万兽之王。他绝不是存心打虎的。他不敢冒犯虎威,怕虎对他报仇,但是他又不能使枉死的虎复活,因此才把死虎带来献给"父母官",以为可以减轻他的罪过。父亲给了猎人若干钱,便接受了这个礼物。死虎在衙门里躺了一天,才被剥了皮肢解了。后来父亲房内多了一张虎皮椅垫,而且常常有人到我们家里要虎骨粉去泡酒当药吃。

我们一家人带着虎的头骨回到成都。头骨放在桌上,有时我眼睛看花了,会看出一个活的虎头来。不过虎骨总是锁在柜子里,等着有人来要药时,父亲才叫人拿出它来磨粉。最后整个头都变成粉末四处散开了。

经过三十年的长岁月,人应该忘记了许多事情。但是到今天我还记得虎头骨的形状,和猎人说话时的惶恐表情。如果叫我把那个猎人的面容描写一下,我想用一句话:他好像做过了什么亵渎神明的事情似的。我还要补充说:他说话时不大敢看死虎,他的眼光偶尔挨到它,他就要变脸色。

死了以后,还能够使人害怕,使人尊敬,像虎这样的猛兽,的确是值得我们热爱的。

龙[1]

我常常做梦。无月无星的黑夜里我的梦最多。有一次我梦见了龙。

我走入深山大泽，仅有一根手杖做我的护身武器，我用它披荆棘，打豺狼，它还帮助我登高山，踏泥沼。我脚穿草鞋，可以走过水面而不沉溺。

在一片大的泥沼中我看见一个怪物，头上有角，唇上有髭，两眼圆睁，红亮亮像两个灯笼。身子完全陷在泥中，只有这个比人头大过两三倍的头颅浮出污泥之上。

我走近泥沼，用惊奇的眼光看这个怪物。它忽然口吐人言，阻止我前进：

"你是什么？要去什么地方？为什么来到这里？"

"我是一个无名者。我寻求一样东西。我只知道披开荆棘，找寻我的道路。"我昂然回答，对着怪物我不需要礼貌。

"你不能前进，前面有火焰山，喷火数十里，伤人无数。"

"我不怕火。为了得到我所追求的东西，我甘愿在火中走过。"

"你仍不能前进，前面有大海，没有船只载你渡过白茫茫一片海

---

1 写于一九四一年七月二十八日。

水。"

"我不怕水,我有草鞋可以走过水面。为了得到我所追求的东西,甚至溺死,我也毫无怨言。"

"你仍不能前进,前面有猛兽食人。"

"我有手杖可以打击猛兽。为了得到我所追求的东西,我愿与猛兽搏斗。"

怪物的两只灯笼眼射出火光,从鼻孔中突然伸出两根长的触须,口大张开,露出一嘴钢似的亮牙。它大叫一声,使得附近的树木马上落下大堆绿叶,泥水也立刻沸腾起泡。

"你这顽固的人,你究竟追求什么东西?"它厉声问道。

"我追求生命。"

"生命? 你不是已经有了生命? "

"我要的是丰富的、充实的生命。"

"我不明白你的意思。"它摇摇头。

"我活着不能够做一件有益的事情。我成天空谈理想,却束手看着别人受苦。我不能给饥饿的人一点饮食,给受冻的人一件衣服;我不能揩干哭泣的人脸上的眼泪。我吃着,谈着,睡着,在无聊的空闲中浪费我的光阴——像这样的一个人怎么能说是有生命? 在我,若得不到丰富的、充实的生命,那么活着与死亡又有什么区别? "

怪物想了想,仍然摇头说:"我怕你会永远得不到你所追求的东西。或许世界上根本就没有这样的东西。"

我在它那张难看的脸上见到一丝同情了。我说:

"不会没有,我在书上见过。"

"你这傻子,你居然相信书?"

"我相信,因为书上写得明白,讲得有道理。"

怪物叹息地摇摆着头："你这顽强的人,我劝你立刻回头走。你不知道前面路上还有些什么东西等着你。"

"我知道,但是我还要往前走。"

"你应该仔细想一下。"

"你为什么这样不惮烦地阻止我?我同你并不相识,我甚至不知道你的名字。告诉我,你究竟叫什么名字!"

"已经有很久没有人提起我的名字了,我自己也差不多忘记了它。现在我告诉你:我是龙,我就是龙。"

我吃了一惊。我望着那张古怪的脸。

"你是龙,怎么会躺在泥沼中?据我所知,龙是水中之王,应该住在大海里。你为什么而且不能乘雷上天?"我疑惑地问道。这时天空响起一声巨雷,因此我才有后一句话。我看看它的身子,黄黑色的污泥盖住了它的胸腹和尾巴。泥水沸腾似的在发泡,从水面不断地冒起来难闻的臭气。

龙沉默着,它似乎努力在移动身子。但是身子被污泥粘着,盖着,压着,不能够动弹。它张开嘴哀叫一声,两颗大的泪珠从眼里掉下来。

它哭了!我惶恐地望着它的头,我想,这和我在图画上看见的龙头完全不像,它一定对我说了假话。它不是龙。

"我也是为了追求丰富的生命才到这里来的。"它止了泪开始叙述它的故事。它的话是我完全料不到的。这对我是多大的惊奇!

"我和你一样,也不愿意在无聊的空闲中浪费我的光阴。我不愿意在别的水族的痛苦上面安放我的幸福宝座,我才抛弃龙宫,离开大海,去追求你所说的那个丰富的、充实的生命。我不愿意活着只为自己,我立志要做一些帮助同类的事情。我飞上天空,我又不愿终日与那些飘浮变化的云彩为伍,也不愿高居在别的水族之上。我便落下地来。我要访遍深山大泽，去追寻我在梦里见到的东西。在梦中我的确见过充实的、有光彩的生命。结果我却落在污泥里，不能自拔。"它闭了嘴，从灯笼眼里流出几滴泪珠，颜色鲜红，跟血一样。

"你看，现在污泥粘住了我的身子，我要动一下也不能够。我过不了这种日子，我宁愿死！"它回过头去看它的身子，但是眼前仍然只是那一片污泥。它痛苦地哀叫一声，血一样的眼泪又流了下来。它说："可是我不能死，而且我也不应该死。我躺在这里已经过了多少万年了。"

我的心因同情而痛苦，因恐惧而猛跳。多少万年！这样长的岁月！它怎么能够熬过这么些日子？我打了一个冷噤。但是我还能够勉强地再问它一句："你是怎样陷到污泥里来的？"

"你不用问我这个。你自己不久就会知道，你这顽固的年轻人。"它忽然用怜悯的眼光望我，好像它已经预料着，不幸的遭遇就会降临到我身上来似的。

我没有回答。它又说："我想打破上帝定下的秩序，我想改变上帝的安排，我去追求上帝不给我们的东西，我要创造一个新的条件。所以我受到上帝的惩罚。为了追求充实的生命，我飞过火焰山，我斗过猛兽，我抛弃了水中之王的尊荣，历尽了千辛万难。但是我终于逃不掉上帝的掌握，被打落在污泥里，受着日晒、雨淋、风吹、雷打。我的头、我的脸都变了模样，我成了一个怪物。只是我的心还是从前的那一颗，并没有丝毫的改变。"

"那么，你为什么阻止我前进，不让我去追寻生命？"

"顽固的人，我不愿意你也得着噩运。你是人，你不能活到万年。你会死，你会很快地死去，你甚至会毫无所获而失掉你现在有的一切。"

"我不怕死。得不到丰富的生命我宁愿死去。我不能够像你这样，居然在污泥中熬了多少万年。我奇怪像你这样的生活还有什么值得留恋？"

"年轻人，你不明白。我要活，我要长久活下去。我还盼望着总有那么一天，我可以从污泥中拔出我的身子，我要乘雷飞上天空。然后我要继续追寻丰富的、充实的生命。我的心在跳动，我的意志就不会消灭。我的追求也将继续下去，直到我的志愿完成。"

它说着，泪水早已干了，脸上也没有了痛苦的表情，如今有的却是勇敢和兴奋。它还带着信心似的问我一句："你现在还要往前面走？"

"我要走，就是火山、大海、猛兽在前面等我，我也要去！"我坚决地甚至热情地回答。

龙忽然哈哈地笑起来。它的笑声还未停止，一个晴空霹雳突然降下，把四周变成漆黑。我伸出手也看不见五根指头。就在这样的黑暗中，我听见一声巨响自下冲上天空。泥水跟着响声四溅。我觉得我站的土地在摇动了。我的头发昏。

天渐渐地亮开来。我的眼前异常明亮。泥沼没有了。我前面横着一片草原，新绿中点缀了红白色的花朵。我仰头望天，蔚蓝色的天幕上隐约地现出淡墨色的龙影，一身鳞甲还是乌亮乌亮的。

死去[1]

有一夜我梦见自己死去。

我直伸伸地躺在床上。我不动,也不讲话。我看不见什么。我只听见一个人在我耳边说:"他死了,一句话也不说就死了。"

又有人说:"他本来可以不死,可惜他不听别人劝他的话,他任性,他拼命摧残自己。"

第三个人说:"死了就算了,反正像他那样的人多得很,少了他,谁都没有损失。"

第四个人说:"现在盖棺论定,我那篇研究文章可以付印了。一句话说完,他的思想错误,他的作品浅薄。"

还有第五第六的人讲话,可是吱吱喳喳,我听不清楚。"死了也还不能清静。"我这样一想,心里很不快活。不过我还是不动,也不讲话。

这些吱吱喳喳终于消失了。我得到片刻安静。过后我又听见一阵低微的哭声。我认得这是熟人的声音。我想招呼他们,说一两句告别的话。可是我不能动,也不能发言。我觉得很疲倦。

过了一些时候,人们把我放进棺材了。我觉得闷,不过我不能动,

---

1 写于一九四一年七月三十日。

也不想动。我静静地躺着。我知道棺材是在被人抬到墓地去。棺材慢慢动着，动着。后来就停下来了。

这一定是什么公墓吧，我刚这样一想，就听见有人在发言。我听不出他们在讲什么。后来他们显然激烈地争论起来。我不明白他们为什么要在这地方争吵。他们好像是谈论到我才争辩起来的。

我默默地躺在棺材里，我想：敌与友大概都到场了吧。

闹声停止了。我听见棺材放在洞穴里面。土落在棺上，并且"一拥而入"似的一下就把洞穴填满了。

我想，从此什么都完了。我不久便会失去知觉进入死的酣睡。

然而我还听见声音！谈话声和脚步声仍还是这么清晰！我知道一定是棺盖薄，埋葬不深。

从这天起我便寂寞地睡在坟墓中。我听见风声雨声：风吹动树叶发出叹息；雨穿过泥土滴在棺上。我也听见哭声，有人来哭过我。以后在一个短时期中我四周很静，没有人来，似乎谁都忘记了我。

我不能动，我不能讲话。但是我还有知觉。我知道在我上面春天来了，我听见小鸟在树上歌唱，我闻着墓地的花香。虽然有点寂寞，我却觉得相当舒适。

可是不久又有人到我坟前来了。起初听见的是熟人的哭声，他们原来还没有忘记我！后来我就听见吱吱喳喳，似乎又有一些人在我墓前辩论，我仍还听不清楚他们在讲什么。

再后又换了一种声音，这仍是吱吱喳喳，可是我却能听见一些字句来。说话的是我的仇敌。他们和我中间虽然隔了一个坟墓，但他们却没有忘记我，而且也不肯忘记我。

"你现在承认我批评你的那些话吧：你写的东西全是有毒的。"

"你没有给人们指一条路，你的思想永不能给人们指一条出路。"

"你的出路就是坟墓,哈,哈,你自己现在有了出路了。"

"你不回答,你不作声,你一定承认自己的错误,你现在一定在忏悔吧。"

那些人每天来,或者隔一天来,或者隔四五天来,来了总要说,说的便是这类话。他们还怕我埋在墓里听不清楚,每次总用什么东西把我墓上的泥土挖去一些,直到后来某一次棺盖见了天,他们便举行大会,全体围绕棺盖站立,来一个集体唾骂。

我安然睡在棺中。我听见骂语和唾液落在棺上,铿然有声,我没有愤怒。我坦然微笑。

骂语和唾液愈来愈多,骤雨似的打着棺盖。它们发出金属的声音,有如刀剑。但是我睡在棺中仍还坦然微笑。对这吵闹我以沉默报答。

我听见斧子声在棺盖上响,似乎他们在演劈棺的戏。

"我死了还不肯让我安静么?你们未必要同我纠缠到坟墓里?"这样一想,我有点不高兴了。

哈,哈,哈,他们在上面大笑起来。斧子声响得更勤。我听见棺盖被砍破的声音。

"难道你们还要来一个鞭尸的表演么?"我想着,觉得愤恨把我的心烧热了。就在这时候,我看见了一线光亮。同时一个人带笑地得意说:"好了,现在可以把我的研究文章读给他听了。"

响应他的是一阵大笑。接着是一阵吱吱喳喳。棺盖被砍碎,我的身子暴露在阳光下面。

"怎么,还没有腐烂!脸也在,嘴也在!"又一个人的惊愕的声音。

"怎么,他还有眼睛?看,他的眼睛睁开了!"另一个人叫道。

"快吐口沫!快吐口沫!"那个准备来朗读文章的人说,他第一个吐了一口痰在我脸上。

一股难闻的臭气扑进我鼻里。我立刻发了恶心。我忍耐不住,张开嘴,"哇"的一声,就坐起来。

"有鬼!有鬼!"那些人张皇地叫起来,马上鸟兽似的逃散了。他们一面跑,一面嚷着"救命"。有的跌在地上又爬起来;有的被荆棘绊住腿,把衣服撕破了。

于是这周围再没有吱吱喳喳。也看不见谁的影子。棺材四周堆了一些写满小字的原稿纸。我想,这些大概就是研究文章吧。可惜我没有机会听见作者们的朗读。

我站起来,走出棺材。立在坟墓堆中,我看看天,看看四周,又看看地。小鸟在小桃树上唱歌,花瓣随着风飘下树木。天空是蔚蓝色,没有一小片白云。

我张开口,居然吐出声音和话语。我能看,能动,能讲话。我还活着。我没有死!

一阵风吹过,这不是微风,花瓣纷纷落下,空中飘起一些原稿纸,有一张飘到我手边,我抓住它,拿起来一看,我看到几个歪歪斜斜的字:浅薄,落后,不通,错误。

这应该是他们的胜利吧。我想着,不觉坦然微笑了。我把手一松,原稿纸又落回在地上。再一阵风吹过,它飞腾起来。

我走出墓地还回头去看那里,原稿纸仍在空中飘舞,仿佛是一些未烧过的纸钱。

伤害[1]

　　一个初冬的午后，在泸县城里，一条被燃烧弹毁了的街旁，我看见一个黑脸小乞丐寂寞地立在面食担子前，用羡慕的眼光，望着两个肥胖孩子正在得意地把可口的食物往嘴里送。

　　我穿着秋大衣，刚在船上吃饱饭，闲适地散步到街上来。

　　但是他，这个六七岁的孩子，赤着脚，露着腿，身上只披一块破布，紧紧包住他那瘦骨的一身黑皮在破布的洞孔下发亮。他的眼睛无光，两颊深陷，嘴唇干瘪得可怕，两只干瘦得像鸡爪的手无力地捧着一个破碗，压在胸前。

　　他没有温暖，没有饱足。他不讲话，也不笑。黑瘦的脸上涂着寂寞的颜色。

　　我不愿多看他，便匆匆走过他的身旁。但是我又回转来，因为我也不愿意就这样地离开他。

　　这样地一来一往，我在他的身边走过四五次。他不抬头看我一眼，好像他对这类事情并不感到惊奇。我注意地看他，才知道他的眼光始终停留在面食担子上。但甚至这眼光也还是无力的。

1　写于一九四一年八月一日。

我站在他面前,不说什么,递了一张角票给他。

他也默默地接过角票,把眼光从担子上掉开。他茫然地看看我,没有一点表情,仍然不开口。于是他埋下眼睛,移动一下身子,又把脸掉向面担。两个胖小孩还在那里吃"连肝肉"、"心肺"一类的东西,口里"嘘嘘"作声。

我想揩去他脸上的寂寞的颜色,便向他问两句话。他没有理我。他甚至不掉过头来看我。

我想,也许他没有听见我的话,也许我的话使他不高兴。我问的是:你有没有家? 有没有亲人?

我不再对他说话,我默默地离开了他。我转弯时还回头去看那个面担,黑脸小乞丐立在担子前,畏怯地望着卖面人,右手伸到嘴边,一根手指头衔在口里。两个肥胖小孩却站到旁边一个卖糖食的摊子前面去了。

七天后我再到泸县城里,又经过那条街。仍然是前次看见的那样的街景。面食担子仍然放在原处。两个肥小孩还是同样得意地在吃东西。黑脸小乞丐仿佛也就站在一星期前立过的那个地方,用了同样羡慕的眼光望着他们。一切都没有改变。我似乎并没有在别处耽搁了一个星期。

我走到黑脸小孩面前,又默默地递了一张角票到他的手里。他也默默地接着,而且也茫然地看我一眼,没有表情,也没有动作。以后他仍旧把脸掉向面担。

我们两个都重复地做着前次的动作。我甚至没有忘记问他:你有没有一个家? 有没有一个亲人?

这次他仍旧不回答我,不过他却仰起头看了我一两分钟。我也埋下眼睛去看他的黑脸。茫然的表情消失了。他圆圆地睁着那对血红的眼睛,泪水像线一样地从两只眼角流下来。他把嘴一动,没有发出声音,就掉转身子,用劲地一跑。

我在后面唤他,要他站住。他不听我的话。我应该叫他的名字,可是我不知道他有什么样的姓名。我站在面担前,希望能够看见他回来。然而他的瘦小身子像一股风似的飘走了,并没有一点踪迹。

我等了一会儿,又走到旁边那个在废墟上建造起来的临时广场上,跟着一些本地人听一个老烟客讲明太祖创业的故事。那个老烟客指手画脚地讲得津津有味。众人都笑,我却不作声,我的心并不在这里。

过了半点多钟,这附近还不见那个黑脸小孩的影子。我便到城里各处走了一转,后来再经过这个地方,我想,他应该回来了,但是我仍旧看不到他。那两个肥胖小孩还在面担前吃东西。

我感到疲倦了。我不知道黑脸小孩住在什么地方,或者他是否就有住处。我不知道他什么时候可以再到这里来。看见阳光离开了街市,我觉得疲倦增加了,我想回到船上去休息。

最后我终于拖着疲倦的身子离开了泸县。那一段路是不容易走的,我的心很沉重。我想到那个黑脸小孩和他的突然跑开,我知道自己犯了过失了。

我为什么两次拿那问话去折磨他呢?这原是明显的事实:要是他有家,有亲人,他还会带着冻和饿寂寞地立在街旁么?他还会像一棵枯草、一只病犬那样,木然地、无力地挨着日子么?

他也许不知道家和亲人的意义。但是他自己和那两个胖小孩间的差别,他应该了解吧。从这差别上他也许可以明白家和亲人的意义。那么,我大大地伤害了他,这也是很明显的事实了。

今天,八个月以后的今天,我还记得那个黑脸小孩的面貌和他两只眼角的泪水。他一定早忘记了我。但是我始终忘不掉他。我想请求他那小小的心灵宽恕我。然而我这些话能够达到他的耳边么？他会有机会看到我的文章么？

我不知不觉间在那个时候犯了不可补偿的过失了。

祝福[1]

一个十五岁的孩子从北方寄来一封信，没有署名，也没有写下地址，信里只有一些简单的字句，大意是：一个北方的孩子给你送来"祝福"。

这是三年前的事了。每次我的眼前起一阵雾，或者我的心发痛的时候，我就想起那封短信。后来我便觉得力量渐渐地恢复了。

我不是宗教的信奉者，神的祝福不能够控制我的脑筋。我不是修行人，不会祈求来世的幸运。我不信神，便不想进天堂。我不信鬼，故不怕入地狱。

但是一个孩子的单纯的话却能镇定我的迷乱，鼓舞我的精神。他用了带宗教味的"祝福"这个名词，他是有道理的。这心与心的相通，心对心的关切，与"利害"无关，和"虚伪"隔绝。这个孩子不知道我的家世，不认识我的面容。他看见的只是我的心。他用他的心来接触我的心，他的心了解我的语言。作为反应，他写下他的心的语言寄给我。

那个孩子的真诚的心的颤动越过了数千里道路，越过了数不尽的美丽的河山，达到我双手可以接触的地方。我的手拿着那张信纸，

---

1 写于一九四一年八月二日。

我的眼睛就仿佛看见那一颗没有一点尘垢的鲜红的"赤子之心"。这颗心是热的,它的热暖了我的心;这颗心是活鲜鲜地跳动着的,它的勃勃的生气振奋了我的精神。

从那个孩子的信上我的确得到了"祝福",而且这"祝福"的效力还是那些神的祝福、宗教的祝福所不能及的。

我接受了孩子的祝福,让我在"赤子之心"前低首膜拜。

撇弃[1]

凉夜，我一个人走在雨湿的街心，街灯的微光使我眼前现出一片昏黄。两个老妇的脚声跟着背影远远地消失了。我的前面是阴暗，又似乎是空虚。

我在找寻炫目的光辉。但是四周只有几点垂死的灯光。

我的脚不感到疲倦。我不记得我已经走了若干时候，也不知道还要走若干路程。

一个影子在后面紧紧跟着我。它走路没有声音。我好像听见它在我的耳边低声讲话。

我回过头，看不见一个人，等我再往前走，我又听见有人在我后面说话。

"谁？"我问道。

"我。"这是一个熟悉的声音。

"你是谁，为什么紧紧跟着我？"

"我是你的影子。我从来就跟在你后面。"

"那么请你出来，让我见你一面。我不要听你那些叽里咕噜。"

---

1 写于一九四一年八月四日。

它不作声,却仍然跟着我走。

"我说,请你出来,让我见见你。你为什么老躲在黑暗里面?"我不能忍耐地再说一次。

"我不能出来。"它嗫嚅地说,"我不能离开黑暗。黑暗可以做我的掩护。"

"那么你可知道我要去什么地方?"我突然问道。

"我不知道,不过我要跟着你。"

"我告诉你,我要去寻找光明。"

我似乎听见一声"啊哟",过了半晌,耳语又响起来:

"你不会找到光明。你还不如回头走别的路。"

"我一定要往前走。见不到光明,我就不停脚步。"

"但是你知道这地方离光明还有若干路程?你这一生又还可以走若干时候?"

"我不管这些事。只要我活着,我就要到那个地方去找光明。"

"你会什么也看不见,就疲倦地死在中途。没有人埋葬你,却让你暴尸荒野,给兀鹰做食料。"

"我宁愿让兀鹰啄我的肉,却不想拿它们去喂狗。我宁愿疲劳地死在荒野,却不想安乐地躺在温暖的家中。"

"所有的人都会嘲笑你;谁都会忘记你。你口渴,没有人递给你一杯水。你倒下去,没有人搀扶你一把。你呻吟,便有人向你投掷石子。一直到死,你得不到一点点同情。"

"我为什么要别人的同情?难道我不相信自己?不相信自己的路?"

"那么你不怕寂寞?你不知道前面的路便是用寂寞铺砌的?"

"我知道。我的脚踏在寂寞上面,我的步子就显得更有力,寂寞会成为我的忠实伴侣。"

"你这个傻子,即使你得到光明,你拿它来做什么用?你能将它当饭吃,当衣穿?"影子居然哂笑起来。

我昂然回答:"我若得到光明,就把它分给众人,让光辉普照世界。若得不着光明,我愿意一个人寂寞地死在中途。"

"但是为你自己,你留什么给你自己?"

"如果光明普照世界,我也可以分到一线光——"

"然而要是黑暗统治一切呢?"它打岔地问我。

"那么我就努力跟黑暗斗争,我要打破黑暗。"

"打破黑暗?你有多大的力量?"它哈哈笑起来,"我劝你不要过分看重自己。"

"不管我有没有力量,但是我有志愿,我有决心。我做不到,不要紧。别的人可以做到。"

"你这个疯子,你这个空想家。你不要安乐,你不要荣誉。你把寂寞当作宝贝,还要它做你的永久伴侣。你还要追求光明,打破黑暗,却不想,没有黑暗,我怎么能够生存?"它冷笑,它哂笑,它大笑,"算了吧,我也该死心了。老是跟着你,对我有什么好处?我不甘心做一个傻瓜,白白毁掉我自己。从这时候起,你走你的路,我走我的。让你去拥抱寂寞,任你去爱抚死亡。我会看到兀鹰啄尽你的肉,马蹄踏碎你的骨。"

带着几声轻蔑的大笑,我的影子离开了我。它走路没有声音,我不知它去向何处。我只看见一个黑影在我的眼角一晃。

于是我的耳边寂然了。

在我的眼前,那昏黄淡到成为一片灰黑。前面展开一条长的路。路是阴暗的,我抬起头用力向前望去,我要看透那阴暗。好像有一线光在远处摇晃,但亮光离这里一定很远。

　　路上只有我一个人。我慢慢地在寂静中移动脚步。我不记得我已经走了若干路程,也不知道还要走若干时候。

醉[1]

　　"我没有醉,我没有醉!"你只管摇着头这样否认,但是你的脸、你的眼睛、你的话语、你的举动无一样不告诉我们:你是醉了。

　　有的人醉后伤心哭泣,有的人酒后胡言乱语。我醉了时便捧着沉重的头,说不出一句话。你呢?

　　你永远是你那个老样子:你对我们披肝沥胆地讲个不停。的确你在挖你的心,像一个友人所说的。

　　酒使你改变了许多。你平时被朋友们称作"沉默寡言的人"。

　　我们都说你醉,你自己说没有醉。其实你酒后不是比不醉时更坦白、更真诚、更清楚么?酒后的你不是更能够表现你那优美的性格么?

　　沉默容易使人跟朋友疏远。热烈的叙说和自白则使人们互相接近。热情是有吸力的,酒点燃了你的热情,你的热情又温暖了我们的心。

　　酒从没有乱过你的本性,也没有麻痹过你的神经。酒却像一阵光常常照亮你全个身子、全个性格。你的醉不是头脑昏钝,却是精神昂扬。

　　在这里,暮夏的雨夜已使人感到凉意了。我很想看看你那醉脸,听听你那火热的话呢!

1　写于一九四一年八月二日。

生[1]

是啊,老头儿,我已经生活过了,
要是没有那幸福的三天——
我的生活比起你那衰弱的老年
更是多么不幸,多么可怜。[2]

读着莱蒙托夫的诗句,我不觉想起了你。你应该比高加索少年木奇里更懂得生活。

叫作木奇里的童僧逃出寺院,追求自由,在树林里漫游了三天,迷了路,碰到了豹子,跟它搏斗,受了重伤,终于让寺院里的僧人找到,死在寺院里面。

然而他毕竟过了三天自由与斗争的生活。在他看来,他是尝到生活的滋味了。

我赞美他的话,我了解年轻的心的渴望。我们每个人都有过这种渴望。

但是你,我的一个畏友,我每想到生活,我就不能忘记你那清瘦

1　写于一九四一年八月三日。
2　原载米·莱蒙托夫《童僧》。

脸上的微笑,你那坚定的表情,你那炯炯的目光。

至少最近十二三年来你是过着自由与斗争的生活的。我常常想用一本账簿记下来,你在这十二三年(我认识你的十二三年)中间,过了些什么样的日子,做了些什么事情。

我没有机会来记这笔账,但是将来一定有人用一支忠实而有力的笔写下它来。你应该满意你自己做了那许多事情。

你会满意么?我就从没有见过你的满意的面容。我若向你提说你的成绩,你便会回答我,你还有更多的责任。你说你的生活是一条长路,你必得见到光明,才肯躺下嘘一口气。

你没有家,没有任何可以称为属于自己的东西。你抛弃了安乐和荣誉,在集体的事业上贡献了你全部时间和精力。你追求光明,想把它带给亿万的同类。你追求自由,想把它还给受苦的人群。你生活在年轻人中间,帮助他们去获取幸福,鼓舞他们去争取自由,而且将他们引上光明灿烂的前途。

说努力,你留给自己的便是不倦的工作;说斗争,你自己甘冒任何的危险,忍受一切的艰苦,把一群天真的好心孩子集到你身边,你像一个长兄似的爱护他们,教育他们。年轻的一代人在你的庇荫下成长了,他们带着活泼的朝气勇敢地迈进人生大道。

看,那些年轻的亮眼睛,是谁使它们睁开了的?听,那些活泼勇敢的歌声,又是谁教练出来的?谁在荒地上种了花树?谁在废墟上建起高塔?

你还要否认什么呢?而且我问你,这十二三年内你自己又得到了什么呢?

你多了一身变了色的学生服,你添了一样难治的痔疮。

你把"利"践踏了,你把"名"埋葬了。捧着一碗糙米饭、一杯白开水,你可以毫无挂虑地和年轻人一起大声欢笑。

我羡慕你,我佩服你,我敬爱你。

然而要是有一天我把我这时的心情告诉你,你一定会摇头说:"这又算什么呢? 这是很平常的事。我们必须开花。不然我们就会内部地干枯的。"[1]

你要引用居友的话,你是有权利的。在你这里,的确开放了人生之花。

只有你才真正了解生的意义。你才是一个真正生活过的人。跟你相比,那个满意地歌唱的高加索少年木奇里也应该是多么不幸,多么可怜了。

---

1 让·居友说过:"我们必须开花;道德,无私心就是人生之花。"又说:"要是没有它,我们就会死亡,就会内部地干枯。"

102

梦[1]

据说"至人无梦"。幸而我只是一个平庸的人。

我有我的梦中世界,在那里我常常见到你。

昨夜又见到你那慈祥的笑颜了。

还是在我们那个老家,在你的房间里,在我的房间里,你亲切地对我讲话。你笑,我也笑。

还是成都的那些旧街道,我跟着你一步一步地走过平坦的石板路,我望着你的背影,心里安慰地想:父亲还很健康呢。一种幸福的感觉使我的全身发热了。

我那时不会知道我是在梦中,也忘记了二十五年来的艰苦日子。

在戏园里,我坐在你旁边,看台上的武戏,你还详细地给我解释剧中情节。

我变成二十几年前的孩子了。我高兴,我没有挂虑地微笑,我不假思索地随口讲话。我想不到我在很短的时间以后就会失掉你,失掉这一切。

然而睁开眼睛,我只是一个人,四周就只有滴滴的雨声。房里是

1　写于一九四一年八月三日。

一片黑暗。

没有笑,没有话语,只有雨声:滴——滴——滴。

我用力把眼睛睁大,我撩开蚊帐,我在漆黑的空间中找寻你的影子。

但是从两扇开着的小窗,慢慢地透进来灰白色的亮光,使我的眼睛看见了这个空阔的房间。

没有你,没有你的微笑。有的是寂寞、单调。雨一直滴——滴地下着。

我唤你,没有回应。我侧耳倾听,没有脚声。我静下来,我的心怦怦地跳动。我听得见自己的心的声音。

我的心在走路,它慢慢地走过了二十五年,一直到这个夜晚。

我于是闭了嘴,我知道你不会再站到我的面前。二十五年前我失掉了你。我从无父的孩子已经长成一个中年人了。

雨声继续着。长夜在滴滴声中进行。我的心感到无比的寂寞。怎么,是屋漏么? 我的脸颊湿了。

小时候我有一个愿望:我愿在你的庇荫下做一世的孩子,现在只有让梦来满足这个愿望了。

至少在梦里,我可以见到你,我高兴,我没有挂虑地微笑,我不假思索地随口讲话。

为了这个,我应该感谢梦。

死[1]

我记得在什么地方见过这样的一句话：

死是永生的门。

为着了解它的意义，我思索了许久。

有一天我们在成都一个友人家中谈到你，你的死讯突然来了。

这消息是无可疑惑的。半个多月前还有朋友来信报告医生们对你的病下的诊断。那位朋友说，这个冬天便是你跟肺病挣扎的最后关头，结果不是你永闭眼睛，就是病永久消灭。

我们希望你战胜病，但是死捉住了你。

信静静地躺在桌上。我们痛苦地埋下头，怕看彼此脸上的痉挛。死在我们的眼前慢慢地走过去。

"一个懂得生活的人死了。"友人叹息地说了一句。

"他不愿意死，他不应该死，然而偏偏是他先死去。"我制止不了我的悲痛的声音。

1　写于一九四一年八月四日。最初发表于《现代文艺》一九四一年十一月二十五日第四卷第二期，发表时题为《死——纪念范予兄》。

在成都,在重庆,在昆明,在任何地方,我都看到你的文章,你的充满活力、散布生命的文章,你鼓舞人勇敢地去体验生活,坚决地去征服生命。你赞美"生之欢乐",你歌颂斗争的美丽。

一直到最后的日子,你没有停过你那管撒播生命种子的笔,你蘸着生命的露水写字,你蘸着自己的赤热的血写字。有人说你是"生命的象征"。

"生命的象征"会在我们的眼前消灭么?

我不相信你会死。便是在今天我们还想,你没有离开这个世界,你不过在远地方活着,你在做什么事情,或者你在埋头写什么东西。

今天离你去世的日子将近半年了。在这半年中我们一直在谈论你,我和许多朋友都在谈论你,像一个大家敬爱的活人,不像一个死去的影子。你始终活在我们中间,而且你将永远活在我们中间。

我们读着你写的文章,我们谈论你做过的事情,我们重复着你说过的话,一直到我们离开这个世界。以后又有一代的人来读你的文章,谈论你的为人,遵行你的教训。

的确你始终活在我们中间,而且永远活在我们中间。这"我们"的意义一天比一天地在扩大。

你何曾死去? 这不就是永生的开端么?

"死是永生的门。"我现在明白这句话的意义了。

废园外[1]

晚饭后出去散步，走着走着我又到了这里来了。

从墙的缺口望见园内的景物，还是一大片欣欣向荣的绿叶。在一个角落里，一簇深红色的花盛开，旁边是一座毁了的楼房的空架子。屋瓦全震落了，但是楼前一排绿栏杆还摇摇晃晃地悬在架子上。

我看看花，花开得正好，大的花瓣，长的绿叶。这些花原先一定是种在窗前的。我想，一个星期前，有人从精致的屋子里推开小窗眺望园景，赞美的眼光便会落在这一簇花上。也许还有人整天倚窗望着园中的花树，把年轻人的渴望从眼里倾注在红花绿叶上面。

但是现在窗没有了，楼房快要倾塌了。只有园子里还盖满绿色。花还在盛开。倘使花能够讲话，它们会告诉我，它们所看见的窗内的面颜，年轻的，中年的。是的，年轻的面颜，可是，如今永远消失了。花要告诉我的还不止这个，它们一定要说出八月十四日的惨剧。精致的楼房就是在那天毁了的。不到一刻钟的工夫，一座花园便成了废墟了。

我望着园子，绿色使我的眼睛舒畅。废墟么？不，园子已经从敌人

---

1 写于一九四一年八月十六日，昆明。

的炸弹下复活了。在那些带着旺盛生命的绿叶红花上,我看不出一点被人践踏的痕迹。但是耳边忽然响起一个女人的声音:"陈家三小姐,刚才挖出来。"我回头看,没有人。这句话还是几天前,就是在惨剧发生后的第二天听到的。

那天中午我也走过这个园子,不过不是在这里,是在另一面,就是在楼房的后边。在那个中了弹的防空洞旁边,在地上或者在土坡上,我记不起了,躺着三具尸首,是用草席盖着的。中间一张草席下面露出一只瘦小的腿,腿上全是泥土,随便一看,谁也不会想到这是人腿。人们还在那里挖掘。远远地在一个新堆成的土坡上,也是从炸塌了的围墙缺口看进去,七八个人带着悲戚的面容,对着那具尸体发愣。这些人一定是和死者相识的吧。那个中年妇人指着露腿的死尸说:"陈家三小姐,刚才挖出来。"以后从另一个人的口里我知道了这个防空洞的悲惨故事。

一只带泥的腿,一个少女的生命。我不认识这位小姐,我甚至没有见过她的面颜。但是望着一园花树,想到关闭在这个园子里的寂寞的青春,我觉得心里被什么东西搔着似的痛起来。连这个安静的地方,连这个渺小的生命,也不为那些太阳旗的空中武士所宽容。两三颗炸弹带走了年轻人的渴望。炸弹毁坏了一切,甚至这个寂寞的生存中的微弱的希望。这样地逃出囚笼,这个少女是永远见不到园外的广大世界了。

花随着风摇头,好像在叹息。它们看不见那个熟悉的窗前的面庞,一定感到寂寞而悲戚吧。

但是一座楼隔在它们和防空洞的中间,使它们看不见一个少女被窒息的惨剧,使它们看不见带泥的腿。这我却是看见了的。关于这我将怎样向人们诉说呢?

夜色降下来，园子渐渐地隐没在黑暗里。我的眼前只有一片黑暗。但是花摇头的姿态还是看得见的。周围没有别的人，寂寞的感觉突然侵袭到我的身上来。为什么这样静？为什么不出现一个人来听我愤慨地讲述那个少女的故事？难道我是在梦里？

脸颊上一点冷，一滴湿。我仰头看，落雨了。这不是梦。我不能长久立在大雨中。我应该回家了。那是刚刚被震坏的家，屋里到处漏雨。

火[1]

　　船上只有轻微的鼾声，挂在船篷里的小方灯突然灭了。我坐起来，推开旁边的小窗，看见一线灰白色的光。我不知道现在是什么时候，船停在什么地方。我似乎还在梦中，那噩梦重重地压住我的头。一片红色在我的眼前。我把头伸到窗外，窗外静静地横着一江淡青色的水，远远地耸起一座一座墨汁绘就似的山影。我呆呆地望着水面。我的头在水中浮现了。起初是个黑影，后来又是一片亮红色掩盖了它。我擦了擦眼睛，我的头黑黑地映在水上。没有亮，似乎一切都睡熟了。天空显得很低。有几颗星特别明亮。水轻轻地在船底下流过去。我伸了一只手进水里，水是相当地凉。我把这周围望了许久。这些时候，眼前的景物仿佛连动也没有动过一下；只有空气逐渐变凉，只有偶尔亮起一股红光，但是等我定睛去捕捉红光时，我却只看到一堆沉睡的山影。

　　我把头伸回舱里，舱内是阴暗的，一阵一阵人的气息扑进鼻孔来。这气味像一只手在搔着我的胸膛。我向窗外吐了一口气，便把小窗关上。忽然我旁边那个朋友大声说起话来："你看，那样大的火！"我

1　一九四一年九月二十二日巴金从阳朔回来，在桂林写成。

吃惊地看那个朋友,我看不见什么。朋友仍然沉睡着,刚才动过一下,似乎在翻身,这时连一点声音也没有。

舱内是阴暗世界,没有亮,没有火。但是为什么朋友也嚷着"看火"呢?难道他也做了和我同样的梦?我想叫醒他问个明白,我把他的膀子推一下。他只哼一声却翻身向另一面睡了。睡在他旁边的友人不住地发出鼾声,鼾声不高,不急,仿佛睡得很好。

我觉得眼睛不舒服,眼皮似乎变重了,老是睁着眼也有点吃力,便向舱板倒下,打算阖眼睡去。我刚闭上眼睛,忽然听见那个朋友嚷出一个字"火"!我又吃一惊,屏住气息再往下听。他的嘴却又闭紧了。

我动着放在枕上的头向舱内各处细看,我的眼睛渐渐地和黑暗熟悉了。我看出了几个影子,也分辨出铺盖和线毯的颜色。船尾悬挂的篮子在半空中随着船身微微晃动,仿佛一个穿白衣的人在那里窥探。舱里闷得很。鼾声渐渐地增高,被船篷罩住,冲不出去。好像全堆在舱里,把整个舱都塞满了,它们带着难闻的气味向着我压下,压得我透不过气来。我无法闭眼,也不能使自己的心安静。我要挣扎。我开始翻动身子,我不住地向左右翻身。没有用。我感到更难堪的窒息。

于是耳边又响起那个同样的声音"火"!我的眼前又亮起一片红光。那个朋友睡得沉沉的,并没有张嘴。这是我自己的声音。梦里的火光还在追逼我。我受不了。我马上推开被,逃到舱外去。

舱外睡着一个伙计,他似乎落在安静的睡眠中,我的脚声并不曾踏破他的梦。船浮在平静的水面上,水青白地发着微光,四周都是淡墨色的山,像屏风一般护着这一江水和两三只睡着的木船。

我靠了舱门站着。江水碰着船底,一直在低声私语。一阵一阵的风迎面吹过,船篷也轻轻地叫起来。我觉得呼吸畅快一点。但是跟着鼾声从舱里又送出来一个"火"字。

我打了一个冷噤,这又是我自己的声音,我自己梦中的"火"!

四年了,它追逼我四年了!

四年前上海沦陷的那一天,我曾经隔着河望过对岸的火景,我像在看燃烧的罗马城。房屋成了灰烬,生命遭受摧残,土地遭着蹂躏。在我的眼前沸腾着一片火海,我从没有见过这样大的火,火烧毁了一切:生命,心血,财富和希望。但这和我并不是漠不相关的。燃烧着的土地是我居住的地方;受难的人们是我的同胞,我的弟兄;被摧毁的是我的希望,我的理想。这一个民族的理想正受着熬煎。我望着漫天的红光,我觉得有一把刀割着我的心,我想起一位西方哲人的名言:"这样的几分钟会激起十年的憎恨,一生的复仇。"[1]我咬紧牙齿在心里发誓:我们有一天一定要昂着头回到这个地方来。我们要在火场上辟出美丽的花园。我离开河岸时,一面在吞眼泪,我仿佛看见了火中新生的凤凰。

四年了。今晚在从阳朔回来的木船上我又做了那可怕的火的梦,在平静的江上重见了四年前上海的火景。四年来我没有一个时候忘记过那样的一天,也没有一个时候不想到昂头回来的日子。难道胜利的日子逼近了么? 或者是我的热情开始消退,需要烈火来帮助它燃烧? 朋友睡梦里念出的"火"字对我是一个警告,还是一个预言? ……

我惶恐地回头看舱内,朋友们都在酣睡中,没有人给我一个答复。我刚把头掉转,忽然瞥见一个亮影子从我的头上飞过,向着前面那座马鞍似的山头飞走了。这正是火中的凤凰!

1　原载亚·赫尔岑《彼岸书》之《暴风雨后》。

　　我的眼光追随着我脑中的幻影。我想着,我想到我们的苦难中的土地和人民,我不觉含着眼泪笑了。在这一瞬间似乎全个江,全个天空,和那无数的山头都亮起来了。

寻梦[1]

我失去一个梦,半夜里我披衣起来四处找寻。

天昏昏,道路泥泞,我不知道应该走向什么地方。

前面是茫茫一片白雾,无边无际,我看不见路,也找不到脚迹。

后面也是茫茫一片白雾,雪似的埋葬了一切,我见不到一个人影。

没有路。那么,梦会逃到什么地方去?

我仍然往前面走。我小心下着脚步,我担心会失脚跌进沟里。

我走到一家小店门前。柜台上一盏油灯,后面坐着一个白发老人。我向他打个招呼,问他是否见到我遗失的东西。

"你找寻什么,年轻人?"

"我找寻一个梦。"

"梦?我这里多得很。"老人咧嘴笑起来,"我这里有的是梦,却不知道你要的是哪一种?"

"我失去的是一个能飞的梦。"

"我不知梦能飞不能飞,不过你看它们五颜六色,光彩夺目。你

1　写于一九四一年十一月,桂林。

114

可以从里面挑选任何一个,并不要付多大的代价。"他给我大打开了橱窗。

无数的梦商品似的摆在那里。的确是各种各样的梦:有的样子威严,有的颜色艳丽,有的笑得叫人心醉,有的形状凄惨使人同情。这里面却没有一个能飞的梦。

我失望地摇头,我找不到我失去的东西。

"随便挑一个拿去吧,难道里面就没有一个你中意的?"老人殷勤地问。

"没有。我只找寻我失去的那一个。别的我全不要!"

"但是茫茫天地间,你往哪里去找寻你那个梦?年轻人,我应该给你一个忠告,失去的梦是找不回来的。"

"我一定要找!从我身边失去的东西,我一定要找回来!"

"傻瓜,为什么这样固执?"老人哂笑道,"多少人追寻过失去的梦了,你可曾见到什么人把梦追回来?听我的话,转回去好好地睡觉。"

我却继续往前走。

雾渐渐变为稀薄,我看见江水横在我的面前。

我踌躇起来,没有舟楫,我怎么能达到彼岸?

忽然一只小木船靠近岸边,一个十七八岁的少年撑着篙竿高呼"过渡"。

我立刻跳到船中,连声催促船夫火速前进。

"老先生,为什么这样着急?半夜里还有什么要紧事情?"

这个少年怎么称我作"老先生"?刚才在小店里,我还被唤作"年轻人",难道在这么短的时间里我会增加了许多年纪?

我没有工夫同他争论,我只问他:

"喂,你有没有见到我那个失去的梦,那个能飞的梦?"

少年不在意地回答:"我在这里见到的梦太多了,不知道哪一个是你的? 若说能飞,它们都是从这江上飞过去的,没有一个梦会半路落在江里。"

"我那个梦特别亮,比什么都亮。"

"除了星星,我没有见到更亮的东西。那么你的梦并没有飞过这里,因为我见到的全是无光的影子。"

"你能不能告诉我它飞往什么地方?"

"我不能。不过我知道它一定不在对岸,我劝你不要过去。"

"我一定要过去。请你把我快送过去,我愿出任何的代价。"

少年把我送到了对岸。

没有雾。天落着小雨。我走的全是滑脚的泥路。我好几次跌倒在途中,又默默地爬起来,揉着伤,然后更小心地前进。

一座高山立在我面前。没有土,没有树,这是一座不可攀登的石山。

"难道我应该空手转身回去?"我迟疑起来。

"不能,不能!"我听见了自己的心声。

"年轻人不能走回头路。"我的心这样说。

我鼓起勇气攀登岩石,一个继续一个,直到我两手出血,两脚肿痛,两腿发软,我还在往上爬行。

我几次失掉勇气,又恢复决心;几次停止,又继续上升;几次几乎跌落,又连忙抓紧岩石的边沿。最后我像一个病人,一个乞丐,拖着疲倦的身子和破烂的衣服立在山顶。我仍然看不到我那个失去的梦。

上面是一望无垠的青天,下面是一片云海、雾海。在这么大的空间里只有一只苍鹰在我的头顶上盘旋。

我的眼光跟着鹰翼在空中打转。我羡慕它能够那么自由自在地在无边的天海里上下飞翔。它一会儿飞得高高的,变成了一个黑点,一会儿又突然凌空下降,飞得那么低,两只翅膀正掠过我的头。我看见它那只锋利的尖嘴张开,发出一声嘲笑似的长啸。

它一定在笑我立在山顶束手无策,也许就是它攫去了我的梦。所以它第二次掠过我的头上,我愤然伸出手去捉它的脚爪。我捉住了鹰,但是一个筋斗把我从山顶跌下去了……

我睁开眼,我还是在自己的家里。原来我又失去了一个梦。

灯[1]

　　我半夜从噩梦中惊醒，感觉到窒闷，便起来到廊上去呼吸寒夜的空气。

　　夜是漆黑的一片，在我的脚下仿佛横着沉睡的大海，但是渐渐地像浪花似的浮起来灰白色的马路。然后夜的黑色逐渐减淡。哪里是山，哪里是房屋，哪里是菜园，我终于分辨出来了。

　　在右边，傍山建筑的几处平房里射出来几点灯光，它们给我扫淡了黑暗的颜色。

　　我望着这些灯，灯光带着昏黄色，似乎还在寒气的袭击中微微颤抖。有一两次我以为灯会灭了。但是一转眼昏黄色的光又在前面亮起来。这些深夜还燃着的灯，它们（似乎只有它们）默默地在散布一点点的光和热，不仅给我，而且还给那些寒夜里不能睡眠的人，和那些这时候还在黑暗中摸索的行路人。是的，那边不是起了一阵急促的脚步声吗？谁从城里走回乡下来了？过了一会儿，一个黑影在我眼前晃一下。影子走得极快，好像在跑，又像在溜，我了解这个人急忙赶回家去的心情。那么，我想，在这个人的眼里、心上，前面那些灯光会显得更

1　写于一九四二年二月，桂林。

明亮、更温暖吧。

我自己也有过这样的经验。只有一点微弱的灯光，就是那一点仿佛随时都会被黑暗扑灭的灯光也可以鼓舞我多走一段长长的路。大片的飞雪飘打在我的脸上，我的皮鞋不时陷在泥泞的土路中，风几次要把我摔倒在污泥里。我似乎走进了一个迷阵，永远找不到出口，看不见路的尽头。但是我始终挺起身子向前迈步，因为我看见了一点豆大的灯光。灯光，不管是哪个人家的灯光，都可以给行人——甚至像我这样的一个异乡人——指路。

这已经是许多年前的事了。我的生活中有过了好些大的变化。现在我站在廊上望山脚的灯光，那灯光跟好些年前的灯光不是同样的么？我看不出一点分别！为什么？我现在不是安安静静地站在自己楼房前面的廊上么？我并没有在雨中摸夜路。但是看见灯光，我却忽然感到安慰，得到鼓舞。难道是我的心在黑夜里徘徊，它被噩梦引入了迷阵，到这时才找到归路？

我对自己的这个疑问不能够给一个确定的回答。但是我知道我的心渐渐地安定了，呼吸也畅快了许多。我应该感谢这些我不知道姓名的人家的灯光。

他们点灯不是为我，在他们的梦寐中也不会出现我的影子。但是我的心仍然得到了益处。我爱这样的灯光。几盏灯甚或一盏灯的微光固然不能照彻黑暗，可是它也会给寒夜里一些不眠的人带来一点勇气，一点温暖。

孤寂的海上的灯塔挽救了许多船只的沉没，任何航行的船只都可以得到那灯光的指引。哈里希岛上的姐姐为着弟弟点在窗前的长夜孤灯，虽然不曾唤回那个航海远去的弟弟，可是不少捕鱼归来的邻人都得到了它的帮助。

再回溯到远古的年代去。古希腊女教士希洛点燃的火炬照亮了每夜泅过海峡来的利安得尔的眼睛。有一个夜晚暴风雨把火炬弄灭了，让那个勇敢的情人溺死在海里。但是熊熊的火光至今还隐约地亮在我们的眼前，似乎那火炬并没有跟着殉情的古美人永沉海底。

这些光都不是为我燃着的，可是连我也分到了它们的一点点恩泽——一点光，一点热。光驱散了我心灵里的黑暗，热促成它的发育。一个朋友说："我们不是单靠吃米活着的。"我自然也是如此。我的心常常在黑暗的海上漂浮，要不是得着灯光的指引，它有一天也会永沉海底。

我想起了另一位友人的故事：他怀着满心难治的伤痛和必死之心，投到江南的一条河里。到了水中，他听见一声叫喊（"救人啊！"），看见一点灯光，模糊中他还听见一阵喧闹，以后便失去知觉。醒过来时他发觉自己躺在一个陌生人的家中，桌上一盏油灯，眼前几张诚恳、亲切的脸。"这人间毕竟还有温暖。"他感激地想着，从此他改变了生活态度。"绝望"没有了，"悲观"消失了，他成了一个热爱生命的积极的人。这已经是二三十年前的事了。我最近还见到这位朋友。那一点灯光居然鼓舞一个出门求死的人多活了这许多年，而且使他到现在还活得健壮。我没有跟他重谈灯光的话。但是我想，那一点微光一定还在他的心灵中摇晃。

在这人间，灯光是不会灭的——我想着，想着，不觉对着山那边微笑了。

没有神[1]

我明明记得我曾经由人变兽,有人告诉我这不过是十年一梦。还会再做梦吗?为什么不会呢?我的心还在发痛,它还在出血。但是我不要再做梦了。我不会忘记自己是一个人,也下定决心不再变为兽,无论谁拿着鞭子在我背上鞭打,我也不再进入梦乡。当然我也不再相信梦话!

没有神,也就没有兽。大家都是人。

---

1 写于一九九三年七月六日。

序跋之美

《我的自传》译本代序[1]

我的小弟弟：

自从几个月前得到你的信叫我译著点书给你读以来，我就无日不在思索想找出一本适当的书献给你。经过了长期的选择之后我终于选定了现在的一本书。你要读它，你要热读它，你要把它当作你的终身的伴侣。

我为什么选择这一本书呢？你把这本书读过以后就可以明白。在你这样的年纪，理论的书是很不适宜的，而且我以为你的思想你的主张应该由你自己去发展，我决不想向你宣传什么主义。不过在你还没有走入社会的圈子接触实际生活以前，指示一个道德地发展的人格之典型给你看，教给你一个怎样为人怎样处世的态度，这倒是很必要的事。——这是你在学校里修身课本上找不到的，也是妈妈哥哥所不能告诉你的。固然名人的自传很多，但是其中不是"忏悔录"，就是"成功史"；不是感伤的，就是夸大的。归根结底总不外乎描写自己是一个怎样了不起的人。

---

1 写于一九三〇年一月。《我的自传》，即《我底自传》，初版时书名为《一个革命者的回忆》（上下集），克鲁泡特金著，巴金译，一九三〇年四月由启明书店出版。一九三九年五月改由开明书店出版。

　　然而这本自传却不与它们同其典型。在这本书里著者把他的四十几年的生活简单地、毫无夸张地告诉了我们。在这里面我们找不出一句感伤的话，也找不出一句夸大的话。我们也不觉得他是一个高不可攀的伟人，他只是一个值得我们同情的朋友。

　　巴尔扎克在童年时代常常对他的妹妹说："你的哥哥将来要成一个伟大人物"，这样的野心并非那位法国大小说家所独有，大部分的人都有。然而克鲁泡特金从来就没有这样的野心，他一生只想做一个平常的人，去帮助别人，去牺牲自己。

　　从穿着波斯王子的服装站在沙皇尼古拉一世的身边之童年时代起，他做过近侍，做过军官，做过科学家，做过虚无主义者，做过囚人，做过新闻记者，做过著作家，做过安那其主义者。他度过贵族的生活，也度过工人的生活，他做过皇帝的近侍，也做过贫苦的记者。他舍弃了他的巨大的家产，他抛弃了亲王的爵号，甘愿进监狱，过亡命生活，喝白开水吃干面包，做俄国侦探的暗杀计划之目的物。在西欧亡命了数十年之后，终于回到了俄罗斯的黑土上，尽力于改造事业，到了最后以将近八十岁的高龄在乡间一所小屋里一字一字地写他的最后的杰作《伦理学》。这样地经历过了八十年的多变的生活之后，没有一点良心的痛悔，没有一点遗憾，将他的永远是青春的生命交还与"创造者"，使得朋友与敌人无不感动，无不哀悼。这样的人确实如一个青年所批评"在人类中是最优美的精神，在革命家中有最伟大的良心"。所以有岛武郎比之于"慈爱的父亲"，所以王尔德称之为有最完全的生活的人。这个唯美派的诗人曾说："我一生所见到的两个有最完全的生活的人是凡嵩和克鲁泡特金……后者似乎是俄罗斯出来的有着纯白的基督的精神的人。"

　　弟弟，我现在把这样的一个人介绍给你了，把他的生涯毫无夸张地展现在你的眼前了。你也许会像许多人那样反对他的主张，你也许会像另外许多的人那样信奉他的主张，然而你一定会像全世界的人一样要赞美他的人格，将承认他是一个纯洁、伟大的人，你将爱他、敬他。那么你就拿他做一个例子，做一个模范，去生活，去工作，去爱人，去帮助人。你能够照他那样地为人，那样地处世。你一生就绝不会有一刻的良心的痛悔，绝不会有对人对己不忠之事。你将寻到快乐，你将热烈地爱人，也将为人所爱，那时候你就知道这本书是青年们的福音了。你会如何地宝爱它，你会把它介绍给你的朋友们，你会读它，你会熟读它，你会把它当作终身的伴侣。

自然这里面有些地方是小小的你所不能够理解的（但你将来长大成人的时候，你就会知道这些地方的价值）。然而除了这些地方之外，你读着这一本充满了牧歌与悲剧，斗争与活动的书，你一定会感动，一定会像我译它时的那样，流下感激之眼泪，觉得做人要像他这样才好。那时候你会了解你的哥哥，你也会了解你的哥哥的思想，你会爱他，你也会爱他的思想。你更会爱他所爱的人。那么我的许多不眠的夜里的劳苦的工作也就得着酬劳了。

《夜未央》小引[1]

　　大约在十年前吧，一个十五岁的孩子，读到了一本小书。那时候他刚刚有了爱人类爱世界的理想，有一个孩子的幻梦，以为万人享乐的新社会就会与明天的太阳一同升起来，一切的罪恶就会立刻消灭。他怀着这样的心情来读那一本小书，他的感动真是不能用言语形容出来的。那本书给他打开了一个新的眼界，使他看见了在另一个国度里一代青年为人民争自由谋幸福的奋斗的大悲剧。在那本书里面这个十五岁的孩子第一次找到了他梦景中的英雄，他又找到了他的终身事业。他把那本书当作宝贝似的介绍给他的朋友们。他们甚至把它一字一字地抄录下来；因为那是剧本，他们还排演了几次。

　　这个孩子便是我，那本书便是中译本《夜未央》。

　　十年又匆匆过去了。现在回想起来，十年前的事还和在昨天发生的差不多。这十年中我的思想并没有改变，社会科学的研究反而巩固了它，但是我的小孩的幻梦却消失了。这一本小小的书还保留着我的一段美妙的梦景，不，它还保留着与我同时代的青年的梦景。我将永远珍爱它。所以我很高兴地把它介绍给我同时代的姊妹兄弟们。

1　一九三〇年二月。《夜未央》(上海启智书局一九三〇年四月版)，廖·抗夫著，初版时书名为《前夜》。

《草原故事》小引[1]

近年来一种渴望不断地折磨着我的心。生活在这个"狭的笼"中，我渴望着广阔的草原，高大的树林，以及比生命还要宝贵的自由。然而现实的黑暗给我摧毁了这一切。我只有在这生活的废墟上悲哭。可是这期间也曾有过好梦来安慰我。

据说俄罗斯人是善于做梦的。他们真是幸运儿！席尼特金[2]说过："世界上最伟大、最耐久的东西就是做梦的人的手工成绩。不能做梦的行动的人便是破坏世界者，他们是兴敦堡[3]一类的人物；这些野蛮的力量要留点痕迹在时间之沙上面，除非先让时间之沙浸透了人血。只有像高尔基和托尔斯泰那些善于做梦的人才能够从海洋和陆地的材料中建造出仙话，才能从专制和受苦的混乱中创造出自由人的国土。"

高尔基自然是现今一个伟大的做梦的人。这些草原故事便是他的美丽而有力的仙话。它的价值凡是能做梦的人都会了解。我希望我的译文还能够保留一点原著的那种美丽的、充满渴望的、忧郁的调子，同时还能使读者闻到一点俄罗斯草原的香气。

1　写于一九三一年二月，上海。《草原故事》(上海马来亚书店一九三一年四月版)，高尔基著。

2　席尼特金(H. T. Schnitkind)，《草原故事》英译者之一，另一人为郭尔特堡(I. Goldberg)。英译本共收《玛卡尔·周达》、《因了单调的缘故》、《不能死的人》三篇。

3　兴敦堡(Paul von Hindenburg，德国将军，在希特勒执政前做过德国总统。

《幸福的船》序[1]

吴去厦门的前一夜邀我去逛"新世界"[2],他说:"那个地方我几年前去过一次,是和爱罗先珂[3]同去的。"他提到爱罗先珂就露出了无限的温情。我知道他在想念那个人,他希望能够在那个地方找出当年的遗迹。

爱罗先珂是我们大家所敬爱的友人。他的垂到肩头的起波纹的亚麻色头发,妇女似的面庞,紧闭的两只眼睛,这一切好像还深印在我们的心上。这个俄罗斯的盲诗人,他以人类的悲哀为自己的悲哀。他爱人类更甚于爱自身。他像一个琴师,他把他的对于人类的爱和对于现社会制度的恨谱入了琴弦,加上一个美妙而凄哀的形式,弹奏出来,打动了人们的心坎。所以就是在中国的短期勾留中,他也已经在中国青年的心上留下一个不灭的印象了。

1　写于一九三○年九月,泉州。《幸福的船》(开明书店一九三一年三月版),爱罗先珂著,鲁迅等译,巴金编。

2　指当时的"新世界"游乐场。

3　爱罗先珂,俄罗斯盲诗人,曾经到过印度、缅甸等国,后来又到日本,用日文写童话,收在《天明前的歌》和《最后的叹息》两个集子内。一九二一年被日本政府驱逐出境,来到中国,发表了一些用世界语和日文写的童话和散文。一九二三年回国以后,从事编译和盲人教育工作。

　　是的,他确实给了我们许多礼物。如像他给了日本青年以《虹的国》、《雕的心》、《桃色的云》、《幸福的船》那样,他也给了我们以《红的花》、《爱字的疮》和《一个寂寞的灵魂的呻吟》。他去了。因为这个寂寞的沙漠挽留不住他的那一颗热烈的无所不爱的心。他终于回到了他所眷恋的故乡,在广阔的草原上去呼吸五月的空气,在浓密的树林里去倾听夜莺的歌声。但是他也曾从我们这里带走了一些东西。我们像报酬似的把《人马》、《小脚女子》、《驼背女孩》和《一个小女孩子的秘密》等等全给了他,在他的苦人类之所苦、憎人类之所憎的心上,永远刻印了一条悲哀的伤痕。这件事至今还令人痛心。更可悲的是这几年来我们的青年也曾许多次多少表现过他们的活力。但是他已经看不见了。

　　然而我们也不是完全忘恩的。我们爱他,我们也了解他。是的,我们的青年确实是了解他的。记得去年吴给了我一张盲诗人的照相,面庞上多了一双眼睛。吴告诉我说这是一个小孩画上去的。要消灭一切自然的和人为的缺陷,使世间再没有一个会感到不足的人——这样的纯洁的孩子的心也正是我们的盲诗人的心。我们的小孩不忍见这个异邦的盲人的痛苦,想使他双目重明可以和其余的人一样欣赏自然的美景,正如盲诗人不忍见人类的痛苦,想造一只为全人类乘坐的"幸福的船"来普救众生。所以在美的童话般的世界里,我们的孩子的心是和盲诗人的心共鸣的。在中国,盲诗人的作品之受人欢迎,大约

1　这些都是爱罗先珂写的童话,其中《桃色的云》是童话剧。

2　《红的花》和《爱字的疮》是爱罗先珂在中国写成的童话。

3　《一个寂寞的灵魂的呻吟》是爱罗先珂世界语散文集,于上海出版。

4　原载爱罗先珂《枯叶杂记》,被收入《幸福的船》。

也就是因为这个缘故吧。

为全人类乘坐的船几时才会来呢？有些人以为这永远是不能实现的梦想，但我的意思却不是这样。

我现在住在一个僻静的南国的古城里。夜间有一个朋友教我认识天空的星群；日里我便观察显微镜下面的小生物如草履虫、阿米巴之类的生活。我看见在我们的周围存在着一个那么大的世界和一个那么小的世界。生命真是无处不在。孤立的个人在这世界中并不算什么。我觉得我的个人生命的发展是与群体生命的发展有连带关系、永远分不开的。所以把个人的生命拿来为他人而放散，甚至为他人而牺牲，并不是不可能的事，反而正如法国天才哲学家居友所说："这个扩散性乃是真实的生命之第一条件。"何况我们的心中有着更多的同情，更多的爱，更多的欢乐，更多的眼泪，比我们的自己保存所需要的不知多过若干倍。我们拿它们来分给他人，也是很自然的事情。所以为万人乘坐的船是有的，而且会来的，只要人类如今不是正向着灭亡之路走去，那么我们终有一天会见到那样的幸福的船航行在人间之海里。

因为这个缘故，我才替上海世界语学会编辑了这一本《幸福的船》，我愿意把它献给我的同时代的兄弟姊妹们。

《激流》总序[1]

几年前我流着眼泪读完托尔斯泰的小说《复活》[2]，曾经在扉页上写了一句话："生活本身就是一个悲剧。"

事实并不是这样。生活并不是悲剧。它是一场"搏斗"。我们生活来做什么？或者说我们为什么要有这生命？罗曼·罗兰的回答是"为的是来征服它"[3]。我认为他说得不错。

我有了生命以来，在这个世界上虽然仅仅经历了二十几个寒暑，但是这短短的时期也并不是白白度过的。这期间我也曾看见了不少的东西，知道了下少的事情。我的周围是无边的黑暗，但是我并不孤独，并不绝望。我无论在什么地方总看见那一股生活的激流在动荡，在创造它自己的道路，通过乱山碎石中间。

这激流永远动荡着，并不曾有一个时候停止过，而且它也不能够停止；没有什么东西可以阻止它。在它的途中，它也曾发射出种种的水花，这里面有爱，有恨，有欢乐，也有痛苦。这一切造成了一股奔腾的激流，具着排山之势，向着惟一的海流去，这惟一的海是什么，而且

---

1 写于一九三一年四月。

2 指 Louise Maude 的英泽本。

3 原载罗曼·罗兰《爱与死的搏斗》。

什么时候它才可以流到这海里，就没有人能够确定地知道了。

　　我跟所有其余的人一样，生活在这世界上，是为着来征服生活，我也曾参加在这个"搏斗"里面。我有我的爱，有我的恨，有我的欢乐，也有我的痛苦。但是我并没有失去我的信仰：对于生活的信仰。我的生活还不会结束，我也不知道在前面还有什么东西等着我。然而我对于将来却也有一点概念。因为过去并不是一个沉默的哑子，它会告诉我们一些事情。

　　在这里我所要展开给读者看的乃是过去十多年生活的一幅图画。自然这里只有生活的一小部分，但我们已经可以看见那一股由爱与恨、欢乐与受苦所构成的生活的激流是如何地在动荡了。我不是一个说教者，我不能够明确地指出一条路来，但是读者自己可以在里面去找它。

　　有人说过，路本没有，因为走的人多了，便成了一条路。又有人说路是有的，正因为有了路才有许多人走。谁是谁非，我不想判断。我还年轻，我还要活下去，我还要征服生活。我知道生活的激流是不会停止的，且看它把我载到什么地方去！

《复仇》序[1]

　　每夜每夜我的心痛着,在我的耳边响着一片哭声。似乎整个的黑暗世界都在我的周围哭了。

　　我的心,我为什么要有这样的一颗心啊?

　　在白天里我忙碌,我奔波,我笑,我忘掉了一切地大笑,因为我戴了假面具。

　　在黑夜里我卸下了我的假面具,我看见了这个世界的真面目。我躺下来。我哭,为了我的无助而哭,为了人类的受苦而哭,也为了自己的痛苦而哭。这许多眼泪就变成了这本集子里所收的几篇小说。

　　这几篇小说并非如某一些批评家所说,是"美丽的诗的情绪的描写"。这是人类的痛苦的呼吁。我虽不能苦人类之所苦,而我却是以人类之悲为自己之悲的。我的心里燃烧着一种永远不能熄灭的热情,因此我的心就痛得更加厉害了。

　　虽然只是几篇短短的小说,但人类的悲哀却在这里面展开了。这里有被战争夺去了爱儿的法国老妇,有为恋爱所苦恼的意大利的贫乐师,有为自己的爱妻和同胞复仇的犹太青年,有无力升学的法国学

1　写于一九三一年四月。《复仇》(新中华书局一九三一年八月版),巴金著。

生,有意大利的亡命者,有薄命的法国女子,有波兰的女革命家,有监牢中的俄国囚徒。他们同是人类的一分子,他们是同样具有人性的生物。他们所追求的都是同样的东西——青春,活动,自由,幸福,爱情,不仅为他们自己,而且也为别的人,为他们所知道、所深爱的人们。失去了这一切以后的悲哀,乃是人类共有的悲哀。凡是曾经与他们同样感到、而且同样追求过这一切的人,当然明白这个意思。

自然这几篇小说的写成,并不能减轻我心中的痛苦。我以后还会哭,也许我的眼泪还会变成新的小说。

可是现在我又要戴上假面具,要忙碌,要奔波,要笑,要忘掉一切地大笑了,——在这个世界,在这个人间。

《光明》序[1]

这是我的第二本短篇小说集。

如果《复仇》是我的悲哀,我的眼泪,那么这一册《光明》就是我的诅咒了。

我自己跟别的许多人一样也有过童年。在那时候我也有一个爱我的母亲。她给了我这颗无所不爱的心。她教我爱人,祝福人。她这样地教育着我一直到死。可是在我长大成人之后,我却要来诅咒人了。

自然,诅咒并不是一件愉快的事情。我从祝福走到诅咒,在这爱与憎的挣扎中是熬尽了心血的。然而我究竟得到了什么代价呢?我如今连自己也诅咒起来了。

这一年来不知道怎样,我竟然把患病以外的全部光阴花在写作上面。每夜,每夜,一切静寂了,人间的悲剧也都暂时结束了,我还拿着笔在白纸上写黑字,好像我的整个生命就在这些白纸上面。这时候我的眼前现出了黑影。这黑影逐渐扩大,终于在我的眼前变成了许多幅悲惨的图画。我的心好像受到了鞭打,很厉害地跳动起来,我的手也不能制止地迅速在纸上移动。我自己也不再存在了,至少在这个时候。不仅

---

1 写于一九三一年十一月。《光明》(新中华书局一九三二年五月版),巴金著。

是一个阶级,差不多全人类都要借我的笔来倾诉他们的痛苦了。

他们是有这个权利的。在这个时候我还能够絮絮地像说教者那样说什么爱人、祝福人的话么?

我在创作里犯了种种的过失跟在生活里一样;有时候憎恨会迷了我的眼睛像爱迷了我的眼睛那样。但是我始终相信我的创作态度是真实的,因此我的作品里就含了矛盾:爱与憎的矛盾。……然而我是这样的一个人:正如我在小说《新生》里所说的,我要珍爱着这个矛盾,我并不掩饰它。自然这情形是某一些人所不了解的,他们整天舒服地躺在象牙之塔里面,看不见我的书中的种种事情。他们自有他们的世界。我也另有我的世界,我也另有我的读者。他们是能够了解我的。我为他们而写书。我要把这样的诅咒植在他们的心中,唤起他们的憎恨的记忆。

无疑地在我的诅咒中同时也闪耀着爱的火花。这爱与憎的矛盾将永远是我的矛盾吧。我并不替自己的过失辩护。请看那个宣传爱之福音而且为爱之故被钉死在十字架上的基督怎样地诅咒过人:

你们富足的人有祸了,因为你们受过你们的安慰。你们饱足的人有祸了,因为你们将要饥饿。你们喜笑的人有祸了,因为你们将要哀恸哭泣。……[1]

将来在人间也许这爱与憎的矛盾会完全消灭。可是现在我却要学那个历史上的伟大人物那样来诅咒人了。

1　原载《新约·路加福音》第六章二四、二五节。

《秋天里的春天》译者序[1]

如果叫我用这题材写一部小说，我一定不会像巴基那样写。然而我读着巴基的小说的时候，我的眼睛竟几次被泪水润湿了。这是感动的眼泪，这正如那个老卖艺人巴达查尔师傅说，是灌溉心灵的春天的微雨。

巴达查尔师傅这样的人恐怕是有的，生为优伶之子而且日与卖艺人为伍的巴基有很多机会见着这种人。然而我们千万不要相信巴达查尔师傅的神秘的定命论，这在巴基的小说里没有别的作用，只是一个装饰，用来掩饰，或者取消这作品的反抗色彩，使它不带一点反抗性，而成了一个温和的悒郁的故事。在和平主义者和人道主义者的巴基，他只能够写出这样的作品。但是他却写得很美丽，很能够感动人。就是在这个温和的悒郁的故事里，我也感到了一种反抗的心情。我读着："不管我怎样为着它奋斗，到后来总是别一个人（穿得很阔气的小姑娘）把我那个又好看又会说话的小玩偶拿走；生活另外扔一个肿脸的坏玩偶来满足我。"我的身体在燃烧了。小太阳，你上了你爷爷（巴达查尔师傅）的当了。那不是生活，那是不合理的社会制度。使得

1　写于一九三一年最后一日。《秋天里的春天》（开明书店一九三二年十月版），尤利·巴基著，巴金译。

两个拾得的孩子的遇合成为一件值得哭的事情，那只是不合理的社会制度，并不是生活。

在生活里是充满着春天的。秋天里的春天，冬天里的春天，而且有很多很多的春天。学生亚当说："像这个秋天里的春天这么美丽的春天永不会来了。"这是个大错误。反而是教员巴南约席说了更正确的话："春天会来的，还有许多美丽的春天。"

许多，许多更美丽的春天……我这样相信着。

四年前一个春天里在巴黎的旅舍中我给一个人写了一封信，如今在那个人用自己的手把生命割断了以后，这封信又回到了我的手里。

在冬天，我读着下面的话：

是在春天。这是我一生最快乐的时候。我每次经过了充满杀气的冬季而来到明媚的春天，我的心里又有了希望，对于未来的信仰更加坚定：我觉得经过一次与恶魔搏斗后，我又复活了。我有创造力，我有生命力！春天给了我一切。

卢森堡的枯树发了新芽，赛纳河[1]的潮水重新泛滥，蛰伏的昆虫又起来活动。死的，睡的，静的，一切都新生了，醒来了，活动了。我的生活曾是如此绝望和苦痛，然而春天又把希望和勇气给了我，使我仍然抱着坚定的决心继续与环境搏斗，使我不屈服于敌人之前。……

春风哟，我感谢你，你煽起了我的生命之烈焰，你吹散了我的苦痛之回忆；春天，我感谢你，在你的怀抱中我觉得生命是无处不在。……

---

1 即塞纳河。

读了这样的话，我在冬天里又看见春天了。我并没有欺骗自己，甚至就在这时候，就在寒风割着我的两耳、手冻僵得几乎不能执笔的时候，我还相信着四年前在一个温暖明媚的春天里写下来的这些话。那一个美丽的春天并没有灭亡，它至今还在我的心里，因为正如《桃色的云》里面的土拨鼠所说："春天是不会灭亡的。"

是的，春天是不会灭亡的。在第二年的春天里，巴达查尔师傅会把小太阳给学生带回来，于是两个拾得的孩子又会遇在一块儿了。

我们用不着像学生那样地呼唤：

春的爱啊，不要飞去，快留停。
啊，留停吧……长留在我的心。

因为春的爱是不会飞走的。

最后再说几句介绍巴基的话。

匈牙利诗人兼小说家尤利·巴基(Julio Baghy)是世界语文坛上的第一流作家。他用世界语写成了小说、诗歌、戏剧等八部创作集。他的长篇小说《牺牲者》(Viktimoj)曾经被译成了十三国文字，在各国销行颇广。他是一个优伶之子，自己也是一个优伶，曾经演过莎士比亚的名剧中的主角如哈姆雷特之类。他因参加第一次世界大战而做了俄军的俘虏，被流放在西伯利亚的荒原。在那里他在孤苦呻吟之际，将他的苦痛的情怀写入诗歌，成了恺郁、悲怆的调子。他的《牺牲者》就是他的西伯利亚生活之记录。以冰天雪地为背景的悲痛的故事，主人公的超人的性格和牺牲的精神，以及诗人的敏感的热情与有力的描写,无疑地在读者的心中留下了不灭的印象,引起许多人的同情,而得到世界语文坛冠冕之作的称誉。他的作品有一种旧俄的悒郁风,但里面却依然闪耀着希望。他颇似陀思妥耶夫斯基,他的作品是直诉于人们的深心的。在他,所有的人无论表面生活如何惨苦,社会地位如何卑下,恰像一块湿漉漉的抹布,从里面依然放射出光芒来,换言之,就是在悲惨龌龊的外观下面还藏着一个纯洁的灵魂。自然这情形是那般少爷小姐们所不能了解的。所以从前在俄国,当屠格涅夫和格列哥洛维奇描写农奴生活的小说发表的时候,许多高等贵族甚至惊讶地问道:"他们那种人居然会有感情,居然知道爱吗?"那么他们就不要读巴基的小说吧。《秋天里的春天》(*Pintempo en la aŭtuno*)是巴基的近作之一。他的小说被译成中文的有钟宪民译的《牺牲者》(长篇)和《只是一个人》(中篇),索非译的《遗产》(短篇)。

我的翻译以直译为主,有时候也把那些译出来便成了累赘的形容词删去一两个;我不喜欢按字死译,所以把 animo 一字有时译作"心灵",有时译作"灵魂";sopirfloro 一字就只译作"鲜花"。诸如此类的例子很有几个,不便一一指出,因此特别在这里声明一句。

《春天里的秋天》序[1]

春天。枯黄的原野变绿了。新绿的叶子在枯枝上长出来。阳光温柔地对着每个人微笑,鸟儿在歌唱飞翔,花开放着,红的花,白的花,紫的花。星闪耀着,红的星,黄的星,白的星。蔚蓝的天,自由的风,梦一般美丽的爱情。

每个人都有春天。无论是你,或者是我,每个人在春天里都可以有欢笑,有爱情,有陶醉。

然而秋天在春天里哭泣了。

这一个春天,在迷人的南国的古城里,我送走了我的一段光阴。

秋天的雨落了,但是又给春天的风扫尽了。

在雨后的一个晴天里,我同两个朋友走过泥泞的道路,走过石板的桥,走过田畔的小径,去访问一个南国的女性,一个我不曾会过面的疯狂的女郎。

在一个并不很小的庄院的门前,我们站住了。一个说着我不懂的语言的小女孩给我们开了黑色的木栅门,这木栅门和我的小说里的完全不同。这里是本地有钱人的住家。

1　写于一九三二年五月。《春天里的秋天》(开明书店一九三二年十月版),巴金著。

在一个阴暗的房间里，我看见了我们的主人。宽大的架子床，宽大的凉席，薄薄的被。她坐起来，我看见了她的上半身。是一个正在开花的年纪的女郎。

我们三个坐在她对面一张长凳上。一个朋友说明了来意。她只是默默地笑，笑得和哭一样。我默默地看了她几眼。我就明白我那个朋友所告诉我的一切了。留在那里的半个多小时里，我们谈了不到十句的话，看见了她十多次秋天的笑。

别了她出来，我怀着一颗秋天的痛苦的心。我想起我的来意，我那想帮助她的来意，我差不多要哭了。

一个女郎，一个正在开花的年纪的女郎……我一生里第一次懂得疯狂的意义了。

我的许多年来的努力，我的用血和泪写成的书，我的生活的目标无一不是在：帮助人，使每个人都得着春天，每颗心都得着光明，每个人的生活都得着幸福，每个人的发展都得着自由。我给人唤起了渴望，对于光明的渴望；我在人的前面安放了一个事业，值得献身的事业。然而我的一切努力都给另一种势力摧残了。在唤起了一个年轻的灵魂以后，只让他或她去受更难堪的蹂躏和折磨。

于是那个女郎疯狂了。不合理的社会制度，不自由的婚姻，传统观念的束缚，家庭的专制，不知道摧残了多少正在开花的年轻的灵魂，我的二十八年的岁月里，已经堆积了那么多、那么多的阴影了。在那秋天的笑，像哭一样的笑里，我看见了过去整整一代的青年的尸体。我仿佛听见一个痛苦的声音说："这应该终止了。"

《春天里的秋天》不只是一个温和地哭泣的故事，它还是整整一代的青年的呼吁。我要拿起我的笔做武器，为他们冲锋，向着这垂死的社会发出我的坚决的呼声"J'accuse（我控诉）"。

《抹布》序[1]

我从前有一块抹布,很脏,而且常常是湿漉漉的。我讨厌它,我把它弃置在角落里,我以为那里是它的最适当的地方。

有一个晚上,我从梦中醒来。我在黑暗里睁开眼睛,发见在什么地方有一线光亮。这光亮渐渐地照彻了我的心。我万想不到这就是湿漉漉的抹布从角落里放射出来的光芒。它使我看见了许多从前看不见的东西。

我在这里发表了两篇被践踏、被侮辱的人的故事。这种人是不齿于"高等华人"的,他们住在阳光不常照耀的地方。他们从襁褓走到坟墓,所经过的小路全是侮辱与受苦、穷困与无名的路。我愿意拿这管无力的笔带一点阳光到他们的坟墓上。这两篇故事中第一篇完全是真实的,第二篇则是编造的故事。但是同我一个叔父发生过关系的少妇却是一个活人。我不知道她的结果怎样。然而她的一生也不是白白地浪费了的,它揭露了那般作为垂死的制度的代表人物的假面具,给我们看那些旧礼教的保卫者的真实面目。

去吧! 我把这两篇故事当作一块抹布掷在角落里,希望它在黑暗里射出光芒来。

---

1 写于一九三二年十一月。《抹布》(星云堂书店一九三三年四月版),巴金著。

《旅途随笔》序[1]

在这个世界上我并不是孤独的,我有朋友,我有无数的散处在各地的朋友。

我常说我是靠朋友生活的,这并不是一句虚伪的话。友情这个东西在我过去的生活里,就像一盏明灯,照彻了我的灵魂的黑暗,使我的生存有了一点点光彩。我有时候禁不住要想,禁不住要问自己:假如我没有那许多朋友,我会变成一个什么样的可怜的人?对于这问题我自己也不敢给一个回答。

我和别的人一样,我在生活里也有过快乐和痛苦,也有过眼泪和欢笑。但是在这些时候,总有什么东西激动着我的心,这就是同情。通过广大的空间,朋友们从各个远近的地方送来了眼泪,送来了安慰,甚至送来了笑和祝福。我的眼眶里至今还积蓄着朋友们的泪,我的血管里至今还沸腾着朋友们的血。在我的胸膛里跳动的也不只是我一个人的孤寂的心,而是许多朋友的暖热的心。我可以毫不夸张地说一句:我是靠着友情才能够活到现在的。

朋友们给我的东西的确是太多,太多了。然而我拿了什么东西报

---

1 写于一九三三年十二月,北平。《旅途随笔》(生活书店一九三四年八月版),巴金著。

答他们呢？我是一个心地贫穷的人，我所能够献出来的，就只有一些感谢的表示。所以我要到各个地方去看朋友们的亲切的面孔，向他们说一些感谢的话，和他们在一起度过几天快乐的时间。抱着这个目的，这一年来我走过不少的地方，而且我也许还要继续走下去，到另一些我的脚不曾到过的地方去。我并不是因为喜欢"名山大川"才开始旅行的，虽然我也很想知道各个地方人民的生活状况。

在旅途中我没有遇到什么困难，朋友们慷慨地给我预备好了一切。要是没有他们给我的种种方便，我决不会走完这许多地方，而且我也没有机会写下这些见闻和感想。这些不过是一个纪念，我现在编成一本小书，我愿意把它献给所有我的朋友，并且跟这本小书一块儿，我还要献上我的感激的心。这一样小小的东西算不得一件礼物，但是，朋友们，请大度地接受它吧，因为我真挚地把它献给你们。

《沉默》序[1]

在《将军》的序言里我曾说过：

现在我的笔暂时放下了。虽然沉默也使人痛苦，但是我希望我能够坚持着不再把我的笔提起来。

这一年来我确实沉默了。但其间我偶尔也用过别的笔名发表几篇文章，这算是沉默时期中的惟一的产物。现在把它们集起来付印，也无非纪念这一年里的清闲生活。

这里一共是七个短篇。《雷》是去年的旧作。《母亲》写得更早一点，曾在一本小册里出现过一次，但这次重印时，它却被我改动了一半，连题目也是新的。

至于那三篇所谓"历史小说"的写成，我可以说几句话，我读过一些关于法国大革命的书。

拉马丁的《吉隆特党史》在解释法国大革命方面是失败的，它是一本充满着诗人的偏见的著作。但文辞的优美却常常激动我的心。同

---

1 写于一九三四年九月。《沉默》(生活书店一九三四年十月版)，巴金著。

时书中攻击诬陷马拉等人的地方也很使我愤慨。

马拉成了许多王党或者右倾历史家攻击的目标，是很自然的事情。因为当时的革命领袖里面除了巴黎公社的埃伯尔几个人，马拉比谁都更爱人民，他是人民的最忠实的友人。吉隆特党骂他作吸血的疯人，历史家如马德楞等甚至用了许多不堪的话来形容他。但如今许多文件摆在我们的眼前，使我们明白马拉在法国大革命中究竟担任过什么样的角色了。

哥代刺杀马拉并不是偶然的事情，她实现了王党和吉隆特党的愿望。老实说她不过是一个误入迷途的狂热分子，上了别人的当，做了一件傻事(坏事!)。虽然她自己在法庭上说："我杀一个人以救十万人，杀一个匪徒以救无辜的人;杀一头野兽以谋祖国的安宁。"其实她不过是在维护贵族阶级的利益而已。我相信她在七月十五日上断头台时一定会明白她的错误。

对于马拉的死，我很觉得遗憾。而且这个"热烈的，悲歌慷慨的，充满着爱护人民和正义的心的人"，常常被人误解、被人诬陷、被人侮辱的事使我非常愤激。

一天我在巴黎蜡像陈列馆看了马拉被刺的悲剧回来，一百数十年前的景象激起了我脑海中的波澜。我悲痛地想到当时的巨大损失，我觉得和那些在赛纳河畔啼饥号寒的人民起了同感。这时候我翻开了拉马丁的书，马德楞的书，和道布生的论哥代等的书(《四个法国妇人》)，我的愤怒又从心底升上来。我无法自遣，我便起了个念头，想写一篇文章描绘这历史上的大悲剧，马拉的死。我重读了米席勒的书，米涅的书，克鲁泡特金的书，阿拉的书，马地叶的书……我的愤怒渐渐消了下去，文章起了几个头，都被我把原稿撕毁了。

在今年的开始我因了一个偶然的念头，匆忙地写就一篇关于罗伯斯庇尔的文章。那时我正读到拉马丁书中丹东等上断头台时,罗伯斯庇尔躲在房里悲叹的一段。罗伯斯庇尔说:"可怜的加米,我竟不能够救他! ……至于丹东,我知道他不过给我带路,然而不管是有罪或是无辜,我们都必须把脑袋献给共和国……"我想抓住这心理来描写,又想另写一篇来说明丹东的为人和他的灭亡。

罗伯斯庇尔并不是一个坏人,如某一些右倾历史家所描写的那样。他的确是一个不腐败的重视道德的人。他热爱革命,但是过于相信自己。他在人民啼饥号寒之际,不能满足人民的要求,却只是讲道德杀敌人,使得人民在下面怨愤地说:"我们饿得要死,你们却以杀戮来养我们!"他忽略了人民的不满,却一面杀人,一面叫国民大会议决最高主宰的存在和灵魂不死,想用这个来安定人心。"想用这个来弥补革命的裂缝。"结果他自己被反动派联合起来送上了断头台。

我相信抓住这题材认真来写,一定可以成功。不幸我却失败了,一则因为我缺乏文学的才分,二则在旅行中我找不到许多参考书,一部分的材料还须从记忆中寻来。

我斗胆把这文章寄给一个朋友,我希望他把这当作散文看,而他却把它作为小说发表了。这文章在杂志上刊出以后,别的朋友来信鼓励我,要我多写几篇这一类的东西。因此我又把毁弃的原稿《马拉的死》重写出来。这一次我居然有勇气完成了它。后来又写成《丹东的悲哀》一篇。这样我便把当时的三大革命领袖的故事完成了。

写完重读,自己并不满意,而且想到像我这样的人竟然大胆写出了历史小说一类的东西,自己也不免要红脸。但既然写了出来,我就顾不得许多了。不过有几句话是应该我来声明的:

《马拉的死》里面的描写除最末一段外全有根据。材料取自米席勒诸人的书。从这里我们可以看出马拉的真面目来。末一段自然与历史事实不合,哥代始终不知道她的错误,她至死还把马拉当作一个嗜血的疯子。但我的描写和历史记载也不会有多大的冲突,哥代刺杀马拉时的心理没有人能够知道。我把结尾写成这样,因为我相信倘使哥代事后多思索一下,她一定会后悔。哥代死得勇敢,另一个狂热分子亚当·鲁克斯认为"和她同死在断头台上是一件美丽的事",他果然为她的缘故上了断头台。鲁克斯到巴黎来为了参加革命,他并不认识哥代,甚至不曾和她谈过一句话,但他却为她舍弃了革命。鲁克斯说:"我为自由而死。"实际上鲁克斯并不了解她,也不了解革命。

写三篇小说,将百数十年前的旧事重提,既非"替古人担忧",亦非"借酒浇愁"。一言以蔽之,不敢忘历史的教训而已。

末附《法国大革命的故事》,是将一篇旧作改写而成的(其实改动的地方不多)。我颇满意这文章,虽然曾在我所译的一个剧本里印过一次,但那剧本很少被人看过。现在印在这里也可以帮助读者了解我那三篇所谓历史小说。

小说集题名《沉默》,意思是从 A.Spies 的一句话来的 [1]。至于那个德国人四十几年前说过怎样的一句什么话,我在这里却不想说明了。

---

1 A.Spies,指阿·司皮斯。

《生之忏悔》前记[1]

这本小册子应当是我的忏悔录的一部分吧。

我常常想，我第一次拿起笔写文章，那就是我的不幸的开端，从那时起我开始走入迷途了。以后一误再误，愈陷愈深，终至于不可收拾。于是呻吟，呼号，自白，自剖都由我的笔端泄了出来。发泄以后便继之以沉默，这期间我很想挽回以前的错误。

几年来我编印了好几本小说和随笔。但拿杂文来说，这却是第一部。其实我所写的杂文原不只此，但是有一些我自己也已无法见到了，即使见到我也未必完全同意当时的论调。现在将这里的一部分杂文集起来付印，也无非希望一些厚爱我的读者由这小书多了解我一点。

这本小书虽然出于一个无学者的手笔，但绝非我一个人"闭门造车"的结果。它也可以代表一部分年轻人的思想，我和他们在一起生活过，而且至今还没有脱离他们的圈子。让他们来判断我和我的书吧，我诚恳地把它献给他们。

---

1 写于一九三四年十一月，上海。最初发表于《水星》一九三四年十月十日第一卷第一期，发表时题为《生之忏悔·题记》。《生之忏悔》(商务印书馆一九三六年三月版)，巴金著。

《点滴》序¹

在一个城市里住了三个月，现在要搬到另一个更热闹的城市²去了。不凑巧搬家的前一天落起雨来。这雨是从正午开始落的，早晨太阳还从云缝里露过面。但是报纸上"天气预报"栏里就载了落雨的事情。

一落雨，就显得凄凉了。虽说这地方是一个大港，每天船舶往来不绝，但是我住在僻静的山上，跟热闹的街市和码头都隔得很远。山上十分清静。在我的房里只听得见下面滨海街道的电车声，和偶尔响起来的小贩车上的铃声。电车声也并不显得吵闹，而且不多。

我的房里有两面窗。打开正面的窗望出去，望得见海。推开侧面的窗，下面就是下山的石级路。每天经过这石级路的人，除了几个男女学生外，就少到几乎没有。而且学生是按照一定的时间走过的。有时我早晨起得较晚，就可以在被窝里听见女学生的清脆的笑声。

山下的房屋大半是平房，就是楼房也只有那么低低的两层。日本的房子矮得叫人发笑。但是因此我每天可以在房里望见海上的景象，

1 写于一九三五年二月，日本横滨。最初发表于《水星》一九三五年四月十日第二卷第一期，发表时题为《雨》。《点滴》（开明书店一九三五年四月版），巴金著。

2 指日本东京。

没有高耸的房顶遮住我的眼光。轮船开出去，就似乎要经过我的窗下。而帆船却像一张一张的白纸在我的眼前飘动。其实说飘动，并不恰当，因为帆船在海上动，我的眼睛不会看得清楚。在那些时候海的颜色总是浅蓝的。海水的颜色常常在变换，有时是白色，有时深蓝得和黑夜的天空差不多。在清朗的月夜里，海横在天边就像一根光亮的白带，或者像一片发亮的浅色云彩。初看，绝不会想到是海。然而这时的海却是最美丽的。我只看见过一次，还是在昨天晚上。恐怕一时不会再看见了。本来以为今晚还可以看一回，但料不到今晚却下了雨。

雨一下，海就完全看不见了。我灭了房里的电灯，推开窗户去看外面。只有星星似的灯光嵌在天空一般的背景里。灯光因为雨的缘故也显得模糊了。别的更不用说。

外面风震撼着房屋，雨在洋铁板的屋顶上像滚珠子一般地响。今晚不会安静了。但这些声音却使我的心更加寂寞。我最不喜欢这种好像把一切都埋葬了的环境。一遇到这个我就不舒服。这时我的确有点悲哀。但并非怀恋过去，也不是忧虑将来，只是因现在的环境引起的悲愤。这意思很容易明白。我并不是看见花残月缺就会落泪的人。虽然明天便要跟一些人，尤其是三个月来和我玩熟了的几个小孩分别，而且以后恐怕不会再来到这个地方，但我也没有多大的留恋。因为我的心里已经装满了许多、许多的事情，似乎再没有空隙容纳个人的哀愁。

因这风雨而起的心的寂寞，我是有方法排遣的。一个朋友最近来信说我"最会排遣寂寞"。他似乎只知道我会拿文章来排遣寂寞。其实这只是方法的一种而已。不过这三个月来我就只用了这个方法。因此才有在《点滴》的总名称下面写出来的十几篇短文。

明天我就要离开这里。今天上午我的叫作《点滴》的小书也编成寄回上海去了。这本小书是我三个月来的一点一滴的血。血这样流出，是被贱卖了。另一个朋友常常责备我"糟蹋"时间，他自然很有理。我编好这个集子，就这样平淡地结束了我这三个月来的平淡的生活。这里面也附了几篇从前的北平或者上海写下的补白之类的东西。这些文章和明朝人的作品不同，句句是一个活着的现代青年的话，所以我喜欢它们。

我正要放下笔，侧面的窗外响起了木屐的声音。从那细小迟缓的脚步声，我知道是一个女人从下面上来走过石级路往山后去了。在这样的雨夜，还去什么地方呢？我这样想。过路人自然不会知道。脚步声寂寞地响了一会儿，仿佛连那个女人的喘息也送到了我的耳边。于是声音消失了。接着是一阵狂风在屋后的山茶树和松林间怒吼，雨不住地像珠子一般落在屋顶上面。

《沉落》序[1]

我毫不迟疑地给我的第六个短篇集起了这个名字。

《沉默》之后又来一个《沉落》，也许有人以为我真被什么打倒了吧。这《沉落》和《沉默》一样，是不容易被人了解的。

时间总算跑得很快，那个叫作司皮斯的人已经在美国支加哥[2]的墓场里睡过了四十七年。但是在我这却仿佛只是昨天的事。昨天我重读了《沉默》，似乎又一次听见他在绞刑架上的最后的呼声。的确他"在坟墓中的沉默"比任何时候都更有力的日子快到了。他那遗言如今堂皇地刻在纪念碑的石座上面，甚至那些到金圆国家去观光的绅士和淑女们也可以看见。作为阿·司皮斯的赞颂者的我的"沉默"，并不是在一切恶的面前闭上眼睛。

《沉落》也是以对于"勿抗恶"的攻击开始的。第一篇题作《沉落》的小说就充分地表示了我的态度。而同集里的中篇小说《利娜》[3]也是在同样愤慨的情绪下写成的。态度是一贯，笔调是同样简单。没有含

1　写于一九三五年二月。最初发表于《水星》一九三五年三月十日第一卷第六期，发表时题为《沉落·题记》。《沉落》（商务印书馆一九三六年三月版），巴金著。

2　即美国芝加哥。

3　《利娜》，被巴金抽出来编在《巴金全集》第五卷中。

蓄,没有幽默,没有技巧,而且也没有宽容。这也许会被文豪之类视作浅薄,卑俗,但是在这里面却跳动着这个时代的青年的心。我承认我在积极方面还不曾把这个时代青年的热望完全表现出来,但是在消极方面我总算尽了我的力量:在剪刀和朱笔所允许的范围内,把他们所憎恨的阴影画出来了。

让那一切的阴影都沉落到深渊里去吧!我们要生存,要活下去。为了这生存,我们要踏过一切腐朽了的死尸和将腐朽的活尸走向光明的世界去。

历史不是循环的,是前进的。几千年来没有人做过的事,我们也要着手去做。将一切存在的和存在过的东西重新来估价——这样做,我们决不会跟着那一切的阴影"沉落"到深渊里去了。

《神·鬼·人》序[1]

做小孩的时候,在那座空阔的衙门里,我也曾跟着母亲拜过神。母亲告诉我,神是至高无上的,神是大公无私的。

一对蜡烛,一炷香,对着那一碧无际的天空,我跟着母亲深深地磕下头去。向着那明鉴一切的神明,我虔诚地祷告,我求他给每个人带来幸福,带来和平。我求他让我看见每个人的笑脸,我求他不要使任何人哭泣。

然而神似乎不曾听见我的祷告。神的宝座也许是太高,太高了。

在我们那所空阔的公馆里,我看见了死。死使我了解了恐怖,死使我了解了悲痛。死带走了一些我所爱的人。死甚至带走了爱我而又为我所爱的母亲。

在狂风震撼玻璃窗的夜晚,一个年老的女仆陪伴我,她给我叙说鬼的故事。她使我相信人死了就变为鬼。她使我相信在鬼的世界里正义统治着一切。她使我相信人间的苦乐祸福在"阴间"都有它的因果关系。

一到黄昏时分,鬼的世界就开始在我的眼前出现了。人告诉我,

1　写于一九三五年十月。《神·鬼·人》(文化生活出版社一九三五年十一月版),巴金著。

花园里面桃树下每天傍晚都有两个女人搭了梯子在爬。人告诉我,有人半夜里在厕所旁边撞见了披头散发吐出长舌的吊死鬼。人告诉我,有一个小丫头听见后花园里的鬼叫。

家里念经,超度母亲,和尚来布置了经堂,悬挂了所谓"十殿"的画像。全是些那么可怕的残酷的图画。站在这样的鬼的世界跟前,我痛苦地闭了眼睛。

从那时候起我懂得了害怕。我开始怕鬼了。

在这个敬神怕鬼的环境里我继续活下去。我是一个胆怯的笨孩子。我尊敬一切,我害怕一切。

一只大手意外地伸过来,抓住我投进了生活的洪炉里面去。在烈火中间我的眼睛渐渐地睁开了。

压迫,倾轧,灾祸,苦恼,眼泪……在我的周围就只有这些东西。我看不见一张笑脸,我就只听见哭声。

我祷告神,我相信神的公道。我害怕鬼,我相信阴间的报应。

然而神的眼睛闭着,鬼的耳朵也给塞住了。我看不见公道,而报应的说法也变得更渺茫了。

我的孩子的心渐渐地反抗起来。

不知道有若干次,绝望的悲愤压住我,我一个人在漆黑的深夜,圆圆地睁着眼睛,大步走进花园里去。我说我要去找寻鬼,让它带我去看看鬼的世界。

花园里只有黑暗和静寂。我听不见任何的声音。甚至在桃树下,在假山后面,那里也只有死沉沉的静寂。一切都死了。鬼也死了。神的公道也死了。

我渐渐地忘记了害怕，忘记了尊敬。于是我不再崇拜神，也不再害怕鬼了。

我认识了一个东西，相信着一个东西——我自己：人。

我还在这个生活的洪炉里面。我的孩子的心给烈火锻炼着。我已经不再是一个胆怯的笨孩子了。

火燃着，熊熊地燃着，就没有一刻熄灭过。火烧焦了我的筋骨，火熬尽了我的血液。然而我长大了，成人了。

火烧完了我的尊敬，火烧尽了我的害怕。火烧毁了神，火烧死了鬼。火使我完全忘记了过去。这可祝福的生活洪炉里面的烈火啊。

我自由了，我摆脱了一切过去的阴影而自由了。我第一次完全明白我是一个人。我开始努力像一个人的样子而活着。

站在这坚实的土地上，怀着一颗不怕一切的心，我是离开从空虚中生出来的神和鬼而存在了。

我是一个人。我像一个人的样子用坚定的脚步，走向人的新天地去！

《神·鬼·人》后记[1]

这一年我就在破书堆里面过日子,很少有提笔的机会,写成的小说也就只有这三个类似连续的短篇。《人》是最近写成的,还不曾在刊物上发表过。现在我草率地把它们集在一起付排了。

《人》是这本小书的结论,应该是一篇有力的文章。我本想用一个新的形式来写它,但是环境限制了我。我只得草率地写成了这一篇既不像小说又不像散文的东西,来代替那个应有的结论。为这件事情我本想发一通牢骚,然而我的牢骚已经发得太多了。

有人说:"没有一个作家像巴金那样钟爱他的作品。"倘使这句话是真的,那么朋友们,请爱惜地接受这本小书吧,因为我把自己钟爱的东西献给了你们。

---

1 写于一九三五年十一月。

《草原故事》后记[1]

这本小小的书居然做了三次旅行，换了三家书店[2]，这是我万想不到的事。或许有人疑心我从它身上赚过一笔大钱，但那是别人的事情。我自己在夜深人静的时候，也曾为它算过一回账：我为这本小书一共花去五十元大洋。这个数目一点也不含糊，我记得清楚。

这小书是我的生活里一个小小的纪念物。我每次翻读它，就有一种新的感情，在这里我看见了我的爱和憎，我的希望和失望。在我看来它还是一个友谊的信物。每次我为它换一家书店重印，我知道我又和一些朋友分开了。

然而我自己的确爱这本小书。它好像是一面镜子，靠着它我可以看见我的真面目。有它在我身边，那么即使有一天我被环境逼迫着跟在商人后面高谈文化，我也不至于得意忘形地拜倒在金牛脚下欢呼前进了。我或许是个不识时务的傻子。但我就喜欢自己的这种傻气。

重印一本小书，似乎没有大发议论的理由。而且近来正有人在小

1　写于一九三五年十月，为《草原故事》（文化生活出版社一九三五年十一月版）后记。

2　《草原故事》，高尔基著，曾于一九三一年至一九三三年先后经上海马来亚书店、新时代书局、生活书店出版。

报上骂我的译文不通，我也不好厚起脸皮来，说明自己从事翻译的苦心。我想在这里指出的只是这次付印时我把译文大大地修改了一番。但这并不是说把"不通"的地方改"通"，"硬译"的地方改"顺"。正相反，我却把"通"的地方改成"不通"，把"顺"的地方也率性改为"硬译"了。至于错的地方没有能改正的也一定有。反正不是定本，而且已有人在担任定本的工作了。还有，这小书不是消遣的小说，不预备给人躺在床上看，"硬"一点也无妨。

最近有一位朋友来信问我：为什么我的文章里面常常充满着怒气。她说看见我这人又好像完全没有怒气似的。现在怒气又从我的笔下发泄出来了。不知道她看见这短文会有什么感想。我把这本小书献给她，愿她更了解我。

《春》序[1]

我居然在"孤岛"[2]上强为欢笑地度过了这些苦闷的日子。我想不到我还有勇气压下一切阴郁的思想续写我这部小说。我好几次烦躁地丢开笔,想马上到别处去。我好几次坐在书桌前面,脑子里却是空无一物,我坐了一点钟还写不出一个字,但是我还不曾完全失去控制自己的力量。我说我要写完我的小说。我终于把它写完了。

"我的血已经冷了吗?"我有时这样地问自己,这样地责备自己,因为我为了这部小说耽误了一些事情。

然而我还有眼泪,还有愤怒,还有希望,还有信仰。我还能够看,我还能够听,我还能够说话,我还能够跟这里的三百万人同样地感受一切。

我在阴郁沉闷的空气中做过不少的噩梦。这小说里也有那些噩梦的影子。我说过我在写历史。时代的确前进了。但年轻儿女的挣扎还是存在的。我为那些男女青年写下这部小说。

我写完《春》,最后一次放下我的自来水笔,稍微感到疲倦地掉头四顾,春风从窗外进来,轻轻拂拭我的脸颊。倦意立刻消失了。我知道

---

1 写于一九三八年二月二十八日。《春》(开明书店一九三八年三月版),巴金著。

2 指当时的上海租界。

春天已经来了。我又泛起淑英的话:春天是我们的。

　　这本小说出版的时候我大概不在上海了。我一定是怀着离愁而去的。因为在这个地方还有成千成万的男女青年。他们并不认识我,恐怕还不知道我的名字。但是我关心他们。我常常想念那无数纯洁的年轻的心灵,以后我也不能把他们忘记。我不配做他们的朋友,我却愿意将这本书作为小小的礼物献给他们。这是临别的纪念品。我没有权利请求他们将全书仔细翻阅。我只希望他们看到"尾声"里面的一句话:"春天是我们的。"

　　不错,春天的确是他们的!

164

《梦与醉》序[1]

从九层楼房的窗户看下面,街道静静地睡着了,一些灯火像星子似的嵌在昏黑里。就在这同样的地方,三个月以前,我怀着兴奋和感动的心情看过那盛大的火炬游行。那雄壮的歌声就像要把浓黑的天幕突破似的。千万道亮光聚在一起像一条火龙在摆动。每个人激动地挥着手唱歌,以坚定的步伐向前走去。没有迟疑,没有畏缩。一个对于未来的信仰把这上万的人连接在一起。我先前也曾在这行列旁边走过,跟着他们走了好些条街。这些人于我应该是陌生的,我还不熟悉他们的方言。但是我却觉得我是在自己最熟悉的亲人中间,我甚至忘记了自己与别人的界限。后来我告诉人说那时候我是极其快活的。

但是如今一切都改变了。横在下面的是死沉沉地睡去了的街市。没有歌声。没有火炬。不时在我的眼前摇晃的只是一些残肢断臂,遭难者的血和残破的房屋。我仿佛还躲在骑楼下静静地倾听轰炸机在上面寻找目标、掷弹,和低飞扫射的声音,等候一种残暴的力量来结束我的生命。这并不是幻景。我有过的经验的确很多了。我不相信我

1　写于一九三八年六月二十二日,广州。最初发表于《见闻》一九三八年八月一日第一期,发表时题为《在广州》。《梦与醉》(开明书店一九三八年九月版),巴金著。

的生命是不能毁灭的。反之，我在二十天前还说过："我们的生命犹如庭园中花树间的蛛网，随时都会被暴风雨打断。"现在活着的人说不定明天就会躺在瓦砾堆里。今天早晨飞机还在市区投过弹。我不能够断定炸弹的碎片明天就不会碰到我的身上！明夜要离开这个城市，可是我明天还要在市区内奔走一天。我办事地方的附近十天前落过一个炸弹，没有爆炸。要是明天遇到大轰炸，我们也许不会再有那样的幸运了。

然而我现在还活着。我的眼睛还能够注视，我的手还能够挥动。此刻我还可以自由处置我的时间，因此我要做完我的一些未了的事情。事情是很多的。我只能一件一件地做去。答应给书店的一本散文集，也应该在这时候整理好交出，我怕将来再没有机会做这种事情。爱惜自己的作品，在这种时候还念念不忘地想把它们整理出版，这许是"书生"的本色吧。我望着堆在手边的原稿，对自己也起了憎厌之感了。

广州静静地睡去了。我在这里住了两个半月。我爱这个地方和这里的居民。经过了三个星期的大轰炸以后，这个城市还是一样地坚定沉着，没有一种威胁能够改变它的不屈不挠的精神。

暂别了，可爱的城市，炸不断的海珠桥，血染不赤的珠江，杀不尽的倔强的人民。我在这时候离开你们，我感到留恋和惭愧。只有一个思想可以稍微安慰我：我下一个月还要回来。我希望我回来时能够在这里见到伟大的壮剧。

《旅途通讯》前记[1]

　　这些都不是可以传世的文章，它们只是去年下半年中间我在各地写给朋友们的长长短短的信（最后一篇应该不是信，但是我仍然把它当作信函寄给朋友们看过了的）。我写它们的时候，我只是像平日和朋友们谈闲话似的写下我的真实的见闻。也只有我的朋友们会从这些没有修饰的文句中看出一个珍爱友情的人的感激。

　　这些全是平凡的信函。但是每一封信都是在死的黑影的威胁下写成的。这些天来，早晨我见到阳光就疑惑晚上我会睡到什么地方。也许把眼睛一闭，我便会进入"永恒"。

　　我知道个人的存亡没有请求被重视的理由。但是轮到我来交出一切，我对人世还不能没有留恋。牵系着我的心的是友情，因为我有无数散处在各地的朋友。甚至在这些日子里，我还想把我所经历的一切和我对朋友们的感激的心情让大家知道。

　　我常说我靠友情生活。友情是我的指路的明灯。在生与死的挣扎中，在受到绝望的打击以后，我的心常常迷失了道路，落在急流的水里，在此时将我引到彼岸的正是这友情。它救了我，犹如飞马星座救

1　写于一九三九年二月十四日，桂林。《旅途通讯》（文化生活出版社一九三九年三月、四月版），原为上下册，巴金著。

了北极探险途中的麦克米伦。

　　我不会说假话,这些信函便是明证。甚至敌机在我的头上盘旋、整个城市在焚烧的时候,我还感到友情的温暖。是这温暖给了我勇气,使我能够以平静的心境经历了信中描写的那些艰苦的日子。我有过勇气,我也还会有勇气,因为我有着无数的好心的朋友。

　　同这本小书一块儿,我献上我的祝福和感激。

《逃荒》后记[1]

　　作者在桂林和我谈过他的稿子的事。现在我的手边有几篇他发表过和未发表的短篇创作,就替他编成了这本小书,连书名《逃荒》也是我起的。

　　在这时候我们需要读自己人写的东西,不仅因为那是用我们自己的语言写成的,而且那里面闪露着我们的灵魂,贯串着我们的爱憎。

　　不管是一鳞一爪,不管是新与旧,读着这样的文章,会使我们永远做一个中国人——一个正直的中国人。

1　写于一九三九年四月初。《逃荒》(文化生活出版社一九三九年八月版),艾芜著。

《地上的一角》后记[1]

这是我替世弥编的第二个集子。她留下的文章自然不止这么一些，但是我手边就只有这两个较为完整的短篇。

《地上的一角》是初稿，还需要作者的整理和加工，可是她连做这个工作的时间也没有！小说原稿到我手边的时候，我正在桂林的旅舍中，我代作者做了一点整理的工作。

在敌机连续的轰炸中我抄完了世弥的小说，我一字一字地读着她那颇为潦草的笔迹，想到她不能和我们共同生活在这个大时代中经历当前的一切，遗憾像火一样地在我的胸中燃烧起来。

其实感到这种遗憾的并不止我一个。有一位朝鲜朋友后来在我的桂林的寄寓中看见世弥的笔迹，谈起她，谈了几句，就埋下头去揩眼睛。她那颗热烈的、善良的心把许多人牵引到她的身边。朝鲜朋友和我痛苦地说："她不应当这样地死去……"我们又说："她并没有死。"

是的，善良的人的纪念是不会死的。况且世弥留给朋友们的印象并不仅是善良。

---

1 《地上的一角》(文化生活出版社一九三九年九月版)，罗淑著。罗淑，原名罗世弥。

　　静静地安息吧,亲爱的朋友。你的美丽的人格对我们将是鼓舞的泉源。我们要补偿这个巨大的损失,惟一的办法便是各人在事业上的努力。我们一定要继续不断地努力工作为了更好地纪念你。

《秋》序[1]

两年前在广州的轰炸中,我和几个朋友蹲在四层洋房的骑楼下,
听见炸弹的爆炸,听见机关枪的扫射,听见飞机的俯冲。在等死的时
候还想到几件未了的事,我感到遗憾。《秋》的写作便是这些事情中的
一件。

因此,过了一年多,我又回到上海来,再拿起我的笔。我居然咬紧
牙关写完了这本将近四十万字的小说。这次我终于把《家》的三部曲
完成了。读者可以想到我是怎样激动地对着这八百多页原稿纸微笑,
又对着它们流泪。

这几个月是我的心情最坏的时期,《秋》的写作也不是愉快的事。
(我给一个朋友写信说:"我昨晚写《秋》写哭了……这本书把我苦够
了,我至少会因此少活一两岁。")我说我是在"掘发人心"(恕我狂妄
地用这四个字)。我使死人活起来,又把活人送到坟墓中去。我使自己
活在另一个世界里,看见那里的男男女女怎样欢笑、哭泣。我是在用
刀子割自己的心。我的夜晚的时间就是如此可怕。每夜我伏在书桌
上常常写到三四点钟,然后带着满眼鬼魂似的影子上床。有时在床上

---

1 写于一九四〇年五月。《秋》(开明书店一九四〇年版),巴金著。

172

我也不能够闭眼。那又是亨利希·海涅所说的"渴慕与热望"来折磨我了。我也有过海涅的"深夜之思",我也像他那样反复地念着:

> 我不能再闭上我的眼睛,
>
> 我只有让我的热泪畅流。

在睡梦中,我想,我的眼睛也是向着西南方的。在这时候幸好有一个信念安慰我的疲劳的心,那就是诗人所说的:

Das Vaterland wird nie verderben,[1]

此外便是温暖的友情。

我说友情,这不是空泛的字眼。我想起了写《第八交响乐》的乐圣悲多汶。一百二十几年前(一八一二)他在林次[2]的不愉快的环境中写出了那个表现快乐和精神焕发的《F小调交响乐》。据说他的"灵感"是从他去林次之前和几个好友在一起过的快乐日子里来的。我不敢比拟伟大的心灵,不过我也有过友情的鼓舞。而且在我的郁闷和痛苦中,正是友情洗去了这本小说的阴郁的颜色。是那些朋友的面影使我隐约地听见快乐的笑声。我应该特别提出四个人:远在成都的WL,在石屏的CT,在昆明的LP,和我的哥哥。[3]没有他们,我的《秋》不会有这样的结尾,我不会让觉新活下去,也不会让觉民和琴订婚,结婚(我本

---

1 意即"祖国永不会灭亡",亨利希·海涅的诗句,原载《深夜之思》。

2 即林茨。

3 WL指卫惠林,CT指缪崇群,LP指萧珊,我的哥哥指李尧林。

来给《秋》预定了一个灰色的结局,想用觉新的自杀和觉民的被捕收场)。我现在把这本书献给他们,请他们接受我这个不像样的礼物。

这本书出版的时候,我大概不在上海了。我应该高兴,因为我可以见到那些朋友,和他们在一起过一些愉快的日子。不过我仍然说着我两年前说过的话,我是怀着离愁而去的。牵系住我的渺小的心的仍是留在这里的无数纯洁的年轻心灵。我祝福他们。我请他们记住琴的话:

并没有一个永久的秋天。秋天过了,春天就会来的。

现在我已经嗅到春天的最初的气息了。

《蜕变》后记[1]

《曹禺戏剧集》是我替作者编辑的。我喜欢曹禺的作品,我也多少了解他的为人、他的生活态度和创作态度。我相信我来做这工作,还不会糟蹋作者的心血,歪曲作者的本意。从《雷雨》起我就是他的作品的最初的读者,他的每一本戏都是经过我和另一个朋友的手送到读者面前的(他相信我们,如人相信他的真实的朋友)。但这本《蜕变》却是例外。它到我的眼前时,剧中人物和故事已经成为各处知识分子谈话的资料了。我摊开油印稿本,在昆明西城角寄寓的电灯下一口气读完了《蜕变》,我忘记夜深,忘记眼痛,忘记疲倦,我心里充满了快乐,我眼前闪烁着亮光。作者的确给我们带来了希望。

以上的话是应该在昆明写的,但是我离开昆明快两个月了。

我最近在作者家里过了六天安静的日子。每夜在一间楼房里我们隔一张写字台对面坐着,望着一盏清油灯的摇晃的微光,谈到九、十点钟。我们谈了许多事情,我们也从《雷雨》谈到《蜕变》,我想起了六年前在北平三座门大街十四号南屋中那间用蓝纸糊壁的阴暗小屋里,翻读《雷雨》原稿的情形。我感动地一口气读完它,而且为它掉了

---

1 写于一九四○年十二月十六日,重庆。《蜕变》(文化生活出版社一九四一年一月版),曹禺著。

泪。不错,我落了泪,但是流泪以后我却感到一阵舒畅,同时我还觉得一种渴望、一种力量在我身内产生了,我想做一件事情,一件帮助人的事情,我想找个机会不自私地献出我的微小的精力。《雷雨》这样地感动过我,《日出》和《原野》也是。现在读《蜕变》我也禁不住泪水浮出眼眶。但我可以说这泪水里已没有悲哀的成分了。剧本抓住了我的灵魂。我是被感动,我惭愧,我感激,我看到大的希望,我得着大的勇气。

六年来作者的确走了不少的路程。这四个剧本就是四块纪程碑。

现在我很高兴地把《蜕变》介绍给读者,让希望亮在每个人的面前。

《龙·虎·狗》序[1]

到了这里一个月,正遇着雨季,差不多天天落雨。早晨起来便听到淅沥的雨声,午夜梦回,也会听见淅沥的雨声。这雨似乎就滴在我的心上,真叫人心烦。

雨落大了,我们这个巷子里就淹了水,有时必须赤脚走过。水退得快。但是水退了,路又滑得很。人走一步,身子不免要摇晃一下。一不小心,谁都会摔倒在泥水里。

因此在上午或傍晚,或夜间,除了到附近茶铺去泡开水外,我不常到外面去。我总是坐在窗前书桌旁边,有时看书,有时写信,有时也写短文。这些时候好像心里装了很多东西似的,我只想把它们倾吐。拿起笔就想写文章。这样我每天总要写满两三张稿纸。

今天把写过的稿纸检点一下,一共是十九篇短文,连以前存放在上海友人处的四篇较长的文章,也可以编成一本小书了,我便花了半个上午的工夫,将集子编好。自己翻看一遍,想想也算做了一件事情。书名《龙·虎·狗》,并无深意,我不过把书中三篇短文的题目借用来做

1　写于一九四一年八月五日,昆明。最初发表于《新蜀报·蜀道》一九四一年八月二十二日,发表时题为《〈龙·虎·狗〉题记》。《龙·虎·狗》(文化生活出版社一九四二年一月版),巴金著。

书名,同时也表示书里没有什么劝道传世的大文,都是些"随便谈谈"而已。

外面又在下雨，天是病态的苍白色，这雨不知要下到哪一天为止。我心里闷得慌,我想快些把面前一堆文章封好,冒雨到邮局寄发。淋淋雨或许可以使我的心畅快些。

雨渐渐地小了，天空还是那么阴暗,外面忽然响起了飞机声。我跑到露台上去看，正有三架飞机冒雨低飞。看见自己飞机的雄姿，我觉得心里爽快。在这里最使人兴奋的事便是看见自己的飞机列队飞翔。

《还魂草》序[1]

"当我沉默着的时候,我觉得充实;我将开口,同时感到空虚。"[2]
我常常背诵一位敬爱的前辈的名言。

我的情形也是如此。这几年我没有写过一个短篇,但是我觉得肚里装满了火似的东西。那不少的见闻,那不少的经历,那无量的腥血,那无数的苦难,我全接受了,我全忍受了。我没有能做什么事情,除了把这一切全堆在心里。一年,两年,三年,四年……火在我的胸膛里燃烧,一天一天地炙我的骨,熏我的肉。我的忍耐终于达到了最大的限度。我必须拿起笔来,否则我会让火烧死我自己。这样我写了长篇小说《火》,也写了《还魂草》和其他两个短篇(《莫娜·丽莎》是在一九三七年九月写的)。我拿笔的时候,我觉得满腹正义的控诉要借我的笔倾吐出来,然而写在纸上的,却是这几篇散漫无力的东西。它们不像控诉,倒像呻吟。我失望地放下了笔。

放下笔,我又感到窒息,我又感到胸腹充塞。愤恨仍然像烈火似的在我的心里燃烧。似乎我的笔并没有把堆积在我心上的东西吐出

1　写于一九四二年一月,桂林。《还魂草》(文化生活出版社一九四二年四月版),巴金著。

2　原载鲁迅《野草》之《题辞》。

一丝一毫。

　　然而我并不灰心，我要用我这管秃笔继续写下去。希望有一天我会用我的笔扫去"空虚"，写出"充实"来。

　　那么现在让我暂时向读者诸君告别吧。

《迟开的蔷薇》后记[1]

十年前学习德文时,曾背诵过斯托姆的《迟开的蔷薇》,后来又读了他的《蜂湖》。《蜂湖》的中译本[2]倒是二十年前在老家里读过的。

我不会写斯托姆的文章,不过我喜欢他的文笔。大前年在上海时我买过一部他的全集。我非常宝贵它,我有空就拿出它来翻读。虽然我至今还没有把德文念好,可是为了学着读德文书,我也曾翻译过几篇斯托姆的小说。

今年在朋友处借到一本斯托姆的《夏日的故事》,晚间写文章写倦了时,便拿出来随意朗读,有时也动笔翻译几段,过了几个月居然把里面的《蜂湖》译完了,此外还译了几篇较短的作品。

现在选出《蜂湖》等三篇来,编成一本小小的集子。我不想把它介绍给广大的读者。不过对一些劳瘁的心灵,这清丽的文笔,简单的结构,纯真的感情也许可以给少许安慰吧。

1　写于一九四三年九月。《迟开的蔷薇》(文化生活出版社一九四三年十一月版),斯托姆著,巴金译。

2　即《茵梦湖》,郭沫若译。

《怀念》前记[1]

一年前，或者可以说两三年前，我就想到编印一本这样的小书，为着我自己，也为着读者。可是我始终没有充足的时间让我从容构思落笔，一直拖到今天我才能了却这个心愿。我颇觉一身轻快。

老实说，我不曾写过一篇可以传世的文章。我编印一本小书而说"为着读者"，绝非发夸大狂，以为读者可以从我的书中学得什么扬名显亲之道。我只想介绍他们去接近几个平凡的人。那些人虽说平凡，却也能闪出一股纯洁的心灵的光，那是一般大人物所少有的。他们不害人，不欺世；谦虚，和善，而有毅力坚守岗位；物质贫乏而心灵丰富；爱朋友，爱工作，对人诚恳，重"给予"而不求"取得"。他们是任何人的益友。我从他们那里得过不少的好处，我必须让别人也认识这些纯洁的心灵。

我说"为着我自己"，因为这本小书将是我的最亲切的伴侣。我没有福气同那些人永做朋友，更无法填补这些不可补偿的损失。我现在仅能以我这管拙劣的笔，凭着记忆和感激抓住他们的一言一行，让这些篇页永远给我督促和鼓励。我当努力做一个不会玷辱他们友

1　写于一九四七年四月，上海。《怀念》（开明书店一九四七年八月版），巴金著。

情的人。

　　我称这本小书为《怀念》，读者可以看见满溢在字里行间的"怀"和"念"。我每一想起我在这些年中间失去的几位好友，我就无法压抑这烧心熬骨的怀念。在寂寞痛苦得没有办法的时候，我就写下了这些篇怀念的文章。从一九三八年到一九四五年这八年中间，我一共失去八位好友（这里面有一位还是我的哥哥。病故的七个人中只有世弥一个死于产褥热，其余六人则都死于肺病。抗战期间的中国好像成了肺病的培养所，"胜利"后情形也未见改善），所以这里也有八篇纪念文章。另外一篇题作《怀念》的短文，则是香港陷敌后我在桂林怀念憾翁[1]和其他陷在香港的友人时写的，记得那篇短文刚发表，憾翁和别的朋友就到桂林来了。圣泉[2]至今生死不明，虽说凶多吉少，但我仍然希望他今天还活着，还能够听见我的呼唤。所以甚至在这样的一本纪念的小书中，也还有希望的闪光。

　　我绝不悲观。在中国还有不少的好人，我认识的不过是其中的一小部分，而死去的更是极小、极小的部分。我希望我能有荣幸为活着的友人写一本书。

1　即林憾庐。
2　即陆圣泉。

《伊达》后记[1]

　　这本小书也是我替译者编辑的。李林并不是什么"名翻译家"或"翻译名家",他生前不过是一个中学的英文教员,据我所知,他对教书这职业很感兴趣,他喜欢他的学生,他的学生也喜欢他。他颇有做一个普通中学教员了此一生的意思。我觉得他真正是一个亚米契斯的小说[2]中的教育家,真诚,朴素,善良,认真而又那么富于人情味。

　　清苦的教书生活摧毁了他那本来就不很健康的身体,他去世的时候只有四十二岁。他不想死,至少有三件事牵系住他的心:一、读书;二、听音乐;三、这应该是最重要的一件,教育年轻孩子。(在英国语文的教学中,他还教他们怎样做人。前几天他的三个学生来信说:"我们永远不会忘记他那瘦削的但充满精力的身子在黑板前给我们讲书的情景,我们更不会忘记他由课堂中把我们带到操场上围坐唱歌时的快乐……"今天我又接到他另一个在湘雅医学院念书的学生的信说:"他造就了我,他给了我一个生活的榜样……")

　　翻译的工作不在这三件事里面。

　　不过他也给我们留下了一些译稿,说多,或许不算多,说少,却也

1　写于一九四七年十一月。《伊达》(文化生活出版社一九四七年十一月版),李林译。

2　指《爱的教育》。

不能。译稿中有长短篇小说、剧本、科学文章等等。可是他亲眼看见印成单行本的就只有一册《悬崖》。《战争》(三幕剧)和《无名岛》(通俗小说)付印时他正在病中,他还来不及看见校样就"长辞此世"了。《月球旅行》(科学鳞爪)是我代他编辑的。这本小书自然也是。此外还有一本中篇小说和两个半部长篇译稿(其中威尔斯的长篇小说的后半部已由他的学生黄裳先生续译),也将由我整理出版。

他从事翻译只算是"客串",可是他工作时构思、下笔都非常认真,他只翻译他喜欢的作品,他的兴趣是多方面的,所以他的译文中也有科学文章和通俗小说。他翻译《悬崖》和《月球旅行》时,正和我住在一处,我们分住在两间屋子里,他常常为了书中的一字一句,走到我房里来自己反复念着,并且问起我的意见。译稿有时还要修改抄录几次,才拿出去。他翻译时就像自己在创作,虽然他不是一个小说家。

卷首破例用了译者的遗照。和那四篇文章的原作者比起来,他虽然只是一个"默默无闻"的清贫的读书人,可是在我们这个国家里,还有好些年轻人爱他敬他,他们得过他的益处,他们不会忘记他的。为着他们,我把他的遗照印了出来,让他们保留着这个纪念吧。

《六人》后记[1]

一

看完《六人》的校样，我坦白地承认这是一件失败的工作。我用了"试译"二字，也只是表明我没有翻译这书的能力。从这译稿连我自己也看得出我缺乏驾驭文字的才能，我没有能够忠实地表达原意，也没有能够传达原文的音乐美。本书的英译者蔡斯教授（Ray E. Chase）说"我觉得《六人》是一曲伟大的交响乐"。但中译本的读者一定不会有同感的。错在我身上。

三年前开始翻译这书，工作时断时续，到今年五月才译完最后的一章。这本小书的翻译并不需要那么多的时间。事实上我执笔的时候并不多。我的时间大半被一个书店的编校工作占去了。不仅这三年，近十三年来我的大部分的光阴都消耗在这个纯义务性的工作上面。（有那些书，和那些书的著译者和读者给我作证。）想不到这工作反而成了我的罪名，两三个自以为很了解我的朋友这三年中间就因为它不断地攻击我、麻烦我，剥夺我的有限的时间，甚至在外面造谣中伤

1　写于一九四九年八月。《六人》（文化生活出版社一九四九年九月版），鲁多夫·洛克尔著，巴金译。

我,说我企图霸占书店。我追求公道,我举事实为自己辩护,我用工作为自己伸冤。然而在那些朋友中间我始终得不着公道,始终争不到一个是非。这本书的翻译就是在这种朋友的长期的折磨中进行着的。我无法摆脱那些纠缠,我甚至不能用常理为自己辩护,那时心情的恶劣是可以想见的。但我至今没有倒下来,至今还能够工作,那是因为除了这几位朋友外,我还有着许多别的朋友,而且也因为我相信我的工作。我从来不曾为自己的工作骄傲过。但我也没有把自己的工作完全否定。好些年来我对任何人都一直说我不是一个作家或一个翻译家,我只是在学习,学习写作,学习翻译。在学习中有进步的时候,也有停滞不进步的时候。这次工作的失败,一部分的原因自然是那些朋友的纠缠所造成的恶劣心情。(他们甚至不让我有时间在发印前仔细地校阅我的译文。但是对读者,我除了告罪外,别无他话可说。)

译稿发印以后我去北平住了一个多月。我过了四十天的痛快日子,看见了许多新气象。我摆脱了三年来压得我几乎透不过气的那种梦魇般的“友情”。因为我在北平得到了真正友爱的温暖。我写过一篇短文,里面有着这样的话:

我每次走进会场总有一种回到老家的感觉。在六百多个面孔中至少有一半是我没有见过的,可是它们对我并不陌生。我看到的全是亲切、诚恳的脸。我仿佛活在自己的弟兄们中间一样:谈话,讨论,听报告,交换经验,我不感到一点拘束。自由,坦白,没有丝毫的隔阂,好像六百多个人都有着同样的一颗心似的。

二

　　《六人》的作者洛克尔(Rudolf Rocker)，是一个德国的革命作家。希特勒执政后被放逐出国，一直没有回去过。他现在住在古巴，去年做过了七十五岁的生日。他写过不少的书，都是用德文或犹太文写的。(他虽然精通犹太文，却不是一个犹太人。)其中被译成英文的并不多。《六人》似乎是第一本，据英译者蔡斯说：在洛克尔的著作中这是艺术性最高的一本。

　　这里的"六个人"都是世界文学名著的主人公。浮士德，董·缓[1]，哈姆雷特原是传说中的人物，后来歌德借用传说写了诗剧《浮士德》，莫里哀写了话剧《董·缓》，莎士比亚写了诗剧《哈姆雷特》。董·吉诃德[2]是西班牙文豪塞万提斯的小说中的英雄。德国小说家霍夫曼创造了年轻和尚麦达尔都斯，冯·阿夫特尔丁根则是十八世纪德国名诗《歌人的战争》中的歌者。

　　在《六人》中洛克尔使这六个人复活了，他一点也没有改变他们的性格和生活习惯，可是他却利用他们来说明他的人生观，来说明他的改造世界的理想。

　　这本小书是作者根据他的几篇讲演稿写成的。据说他的听众中有许多工人，也有水手。在第一次世界大战中他被关在英国某集中营里面，在那里认识了不少德国的水手，他们跟集中营里的知识分子一样热烈地欢迎他的演讲。

1　即唐璜。

2　即堂吉诃德。

我在前面引用过蔡斯的话:"《六人》是一曲伟大的交响乐。"他的解释如下:

前面有一个介绍主题的序乐。构成交响乐的是六个乐章,每一个乐章最后都把主题重复了一遍,每一个乐章有它自己的音阶法和拍子。在主题的最末一次的重复之后接着就来一个欢欣的、和谐的终曲。对这种东西音乐家也许会给它一个适当的名称。我不会,我只知道我读完整个作品好像听了一次管弦乐队的大演奏。

《巴金短篇小说选集》序[1]

南国出版社要编印我的早年短篇小说选集，一位不曾见过面的友人愿意替我做编选的工作，我感谢他的好意。《选集》出版，我通过它可能结交更多的朋友，我的心可能接触到更多的年轻的心灵，我过去那一点点光和热可能换回来更多的、更大的光和热。对我来说，这的确是一件可喜的事。

在这里，我还想提醒读者，我的小说都不是可以传世的佳作。它们有不少的缺点，我今天更无法为它们掩饰。我写这些小说的时候，年纪轻，见识浅，了解生活不深，而且容易看到一些表面。但是我的小说里有我的真挚感情和鲜明的爱憎。我不是为了要做作家才拿起笔写小说。我有满肚皮的话要说，有满腔的热情待发散，我必须写出我的感受才能够使我的心有片刻的安宁。我的确是把创作看成我的生活的一部分，而且我是严肃地从事这个工作的。

我得向读者告罪：我没有写出旧中国的全貌。然而我写出了二三十年前一部分年轻人的感情和渴望：旧的必须死亡，新的一定成长。我虽然不曾给当时的读者指出一条光明大道，可是我相信：往前进，

---

1 写于一九六二年四月，上海，为香港南国出版社所编《巴金短篇小说选集》作。该书未出版。

190

就不会灭亡,一直往前进,就会找到出路,见到光明;我相信:青春是美丽的,春天是属于年轻人的。我曾经不断地叫嚷:"我不怕,我有信仰。"这就是我当时的信仰。

我今天要告诉海外读者的也就是这个信仰。在我们祖国春天已经来了。我的园子里牡丹开得正繁,樱花树上挂满了粉白的小朵,深红色丝绒一样的月季含苞待放。我真爱这明媚的春光。希望春风把我的问候带给海外的青年同胞,愿他们的青春开出更美的花朵,祝他们的青春发出更大的光辉!

《巴金散文选集》序[1]

《散文选集》二册和《短篇小说选集》一样，也是那位不曾见过面的朋友替我编选的。我感谢他的热心，同时还向他提出建议，把我的一篇谈自己散文的文章附印在正文后面。

关于我的散文，我在那篇文章里已经讲得很多，我想对读者讲的话似乎都讲过了。不用说，对海外的读者我不会讲另外一套话。虽然我没有机会见到你们，虽然我和你们处在两种不同的环境，但是我们有一种共同的感情，我们的心也不会是两样。我们同样热爱我们的祖国和我们的人民，我们同样愿意为一切美好的事物献出自己的力量。我信任我的读者，你们也一定信任我。尽管我过去有多少缺点，我幼稚、浅薄、粗心、任性，然而我从未说过假话，我这些长长短短的文章里也没有虚假的感情。我说过我写文章如同在生活，今天我仍然是这样。

我的散文的确写得很"散"。但是海外的读者一定会原谅我的唠叨。我希望我那点真挚的感情能打动读者们的心。时间和空间的距离阻碍不了我们之间情感的交流。让我们携手、心连心，向着无限美丽、无限光明的前程飞奔！

1　写于一九六二年四月，上海，为香港南国出版社所编《巴金散文选集》作。该书未出版。

让我再活一次[1]

一九二八年在巴黎我对一位朋友说:"我只想活到四十岁。"过了六十二年,我在回答家乡小学生的信中又说:"我愿意再活一次,重新学习,重新工作,让我的生命开花结果。"八十七岁的老人回顾过去,没有成功,也没有失败。我老老实实地走过了这一生,时而向前,时而后退,有时走得快,有时走得慢,无论是在生活中或者在写作上,我都认真地对待自己。我欺骗过自己,也因此受了惩罚。我不曾玩弄人生,也不曾美化人生。我思考,我探索,我追求。我终于明白生命的意义在于奉献,而不在享受。人活着正是为了给我们生活在其中的社会添一点光彩,这我们办得到,因为我们每个人都有更多的爱、更多的同情、更多的精力、更多的时间,比用来维持我们个人的生存所需要的多得多。为别人花费了它们,我们的生命才会开花结果,否则我们将憔悴地死去。

我仍在思考,仍在探索,仍在追求。我不断地自问:我的生命什么时候开花? 那么就让我再活一次吧,再活一次,再活一次。

1　写于一九九一年二月十四日,为《巴金谈人生》(中国青年出版社一九九二年版)的前言。